告白

湊かなえ

湊佳苗 著

丁世佳 譯

目錄

第一章　神職者　005
第二章　殉教者　043
第三章　慈愛者　085
第四章　求道者　121
第五章　信奉者　169
第六章　傳道者　211
推薦跋　失控的復仇與正義——作家　陳昭如　223

第一章　神職者

喝完牛奶的人把紙盒放回標著自己學號的架子上，回到座位坐下。大家似乎都喝完了。「連學期最後一天都要喝牛奶啊！」雖然有人這樣說，但牛奶時間也就在本日告終。辛苦各位了。「明年沒有了嗎？」沒有。今年S中學被選為「厚生勞動省全國中學生乳製品推廣運動」的示範學校。因此每人每天都要喝兩百毫升的牛奶。四月體檢的時候，身高跟骨質密度增加率是不是會超過全國平均值呢？頗令人期待。「我們是實驗品啊？」的確，對有點拉肚子或是討厭牛奶的學生來說這是糟糕的一年也未可知。示範學校是教育委員會隨機挑選的，紙盒跟架子上都標著班級跟學號，以便確認是不是的確喝了。這樣讓人有被當成實驗品的感覺也不奇怪。只不過剛剛還愉快地喝著牛奶，一聽到實驗品這個詞就皺起臉來的人，請稍安勿躁。每天喝牛奶是壞事嗎？大家現在正值出現第二性徵的時期，天天在家喝牛奶好讓骨骼健壯，有多少人真能實行這種呼籲？此外，牛奶中的鈣質不只是骨骼成長的必需成分，也有益於神經傳導。常常焦躁不安的人會被說：「是不是缺乏鈣質啊？」指的就是這一點。家裡開電器行的渡邊同學好像能消除成人影片九成的馬賽克部分呢。裝在課業研討會紙袋裡的片子在男生之間流傳，由此可知各位在這個階段顯著成長的不只是身體，心理上也有相當大的變化。例子雖然可能舉得不好，但這就是第二反抗期。性徵期跟反抗期一起總稱為青春期。會被微不足道的話語刺傷，容易受到些微小事影響；然而同時也深切地追求確立自我。大家有沒有想起些什麼呢？比如剛才要是有人說：「每天能喝免費牛奶真是lucky！」的話會怎樣？我想現在這裡有點不愉快的氣氛就會完全不一樣了吧？這世上多的是只要看的角度不同，同一件事就會完全不一樣的情況。從牛奶的話題扯到這個，或許你們一時之間腦子還轉不過來。雖然如此，各學科的老師都稱讚說今年的一年級同學無論哪個班都比往年來得穩重，說不定這就是牛奶意想不到的效果呢。

牛奶的話題先放在一邊，我這個月就辭職了。「要去別的學校任教？」不，是不當老師了。放棄這個職業了。所以一年二班的各位就成為我永遠不會忘記的最後一屆學生。發出惋惜聲音的人，謝謝你們。「辭職是因為那件事嗎？」是的。最後我有些話要跟大家說，那件事也包括在內。

*

到了辭職的關頭，反而再度思考「老師」到底是什麼。

之所以當老師，並不是因為有改變我人生的恩師之類的特殊理由，只是因為我家裡窮而已。爸媽一直都說女孩子念什麼書，不要升學算了。但是我喜歡念書。申請育英會獎學金的時候，一下子就通過了。我覺得應該不是因為成績好，而是家境比我想像中還要貧窮吧。我上了本地的國立大學，一面研修喜歡的化學，一面在補習班打工當講師。有些大人覺得草草吃飯，補習到深夜的學生很可憐；但在我看來，讓爸媽低頭求你升學，真是太幸福了。大四那年，我開始找工作。雖然很捨不得不繼續做研究，但想有份安定生活的心情還是佔了上風。而且如果當老師的話，育英會的獎學金就不用還了。於是我毫不遲疑地參加了教師資格考試。「這動機不純正吧？」有人要這麼想也是沒辦法的事。但是我決心要做的話就要把教師的工作全做好。藉口說找不到想做的事，年紀不小了還賴在家裡渾噩度日的人很多；但立刻就找到想做的事，並且真正能去做的人也很少。既然如此，就全力去做眼前的事不就好了麼。在哪天找到自己真正想做的事之前，這應該是有利無弊的。「為什麼不去高中而是當國中老師呢？」因為我認為既然要進入教育界，就要挑戰義務教育的現場。不想念高中的話退學就好了。我想關注無處可逃的孩子們。當時我有那種志向。我也有過熱血沸騰的時代啊。

田中同學、小川同學，這可不是笑點。

成為中學教師整八年，最初算是摸索學習吧，在城裡的Ｍ中學待了三年，之後休息一年，接著在縣境附近氣氛悠閒的這所Ｓ中學教了四年，實際執了七年教鞭。

「那所Ｍ中學？」正是。最近常常上電視的櫻宮正義老師任教的學校。好了好了不要鬧。他那麼有名啊。「妳認識他嗎？」姑且算認識吧，一起工作了三年，是知道這人沒錯，但那個時候他還不是現在這樣的熱血教師，所以你們對他的了解八成比我還清楚。什麼事，前川同學？「不知道所以請說明一下？」好吧，我沒什麼興趣所以就簡單說說。櫻宮老師從國中時起就是不良少年集團的頭頭，高中二年級的時候因為讓導師受傷而被退學。後來浪跡海外，似乎也做過不少危險的事情，但跟在紛爭與貧困中生存的人結識並共同生活之後，察覺到自己過去的錯誤，回國取得高中畢業資格，進入有名的私立大學就讀，最後當了國中英文老師。之所以選擇國中任教，好像是為了不讓跟自己當初誤入歧途時同樣年紀的孩子們重蹈覆轍。幾年前開始就在放學後也到熱鬧的街上巡邏，看見不回家到處遊蕩的孩子，就算不是本校的學生也都會上前勸說：「不要糟蹋自己。想要重頭來過現在就可以辦到！」他這麼熱心所以得到了「勸世鮮師」這個綽號，上電視啊出書什麼的十分活躍。「這不是跟上星期電視報導的內容一樣嗎？」那可真不好意思了。對知道他的人而言我的說明太無聊了吧。「重要的部分都沒說？」去年年底，才三十三歲的他被醫生告知只剩下幾個月的壽命，即便如此他也不悲觀，打算從事教職到最後一刻的身影已經不只是熱血教師，簡直就像神職者一樣了。是這麼回事吧？阿部同學很清楚呢。「尊敬他？」「想跟櫻宮老師學習？」這樣啊。

如果可能的話希望大家只學習後半部分就好。

說到櫻宮老師，景仰熱血教師的學生們可能會覺得我不太夠格吧。剛才也說了，我剛當老師的時候也曾經想成為熱血教師。只要發生一點問題，就課也不上全班一起設法解決；只要有一個人離開教室，就算課上到一半也要追出去。但是有時候我會想，這世上沒有完美的人。老師要對著學生熱切說教，是不是有點離譜過頭了呢？把自己的人生觀強行灌輸給學生，只是自我滿足而已。說穿了不就是以高高在上的姿態小看孩子們嗎？我休假一年結束，要來S中學的時候就給自己定下了規矩。不直呼學生的名字。盡量以平等的態度、禮貌的言詞應對。就這兩項。的確有人注意到了。「注意到什麼？」注意到自己的身分不是嗎？每天都有虐待兒童的新聞，讓人覺得好像小孩都在被大人虐待似地。但各位不都是讓大人求你們「好好念書吧」、「好好吃飯吧」這樣被捧在手心上長大的嗎？所以對大人也能不用敬稱，言談態度隨便不是嗎？也有不少老師覺得被學生們起綽號，或者是用隨便的言詞交談就是受學生歡迎的證據。因為電視上演的熱血老師幾乎都是這樣。大家在看校園劇的時候有沒有想過呢？熱血教師跟問題學生都是在發生事情的時候建立起深厚的信賴關係。這樣最後出現在演員表上只註明幾年幾班的全體學生，那些大多數人的立場又如何呢？熱血教師就算在上正課的時候也熱血沸騰地訴說自己的經驗或者問題學生的心情。但這是大家想聽的嗎？別扯這些有的沒的快點上課吧。要是有認真的學生這麼說，就會得到人這個字的構成就是必須互相扶持……之類更多的廢話。到頭來反而成了認真的學生對問題學生道歉，說剛才不好意思啦。演戲的話或許不錯，但是現實中真的這樣代入會怎樣呢？話說回來，真的有非得打斷上課也要對平常謹守本分的學生說的教嗎？跟誤入歧途後回歸正道的人相比，一直都循規蹈矩的人絕對比較偉大。可惜的是這種人是不會成為聚光燈焦點的。在學校也是一樣。於是認真過日子的人對自己的存在價值產生疑問，導致負面思考的原因不正在於此麼？

*

大家常用「信賴」這詞來描述師生之間的關係。從國中生也人人都有手機的時候開始，我就常常收到想死啦、不知道為什麼要活著啦，之類的簡訊。大概都是在半夜兩三點的時候。我也想過對在這種不像話的時間發來的簡訊無視就好了，但卻不能真的不予理會。的確也有惡意的例子。女學生發簡訊給年輕的男老師說：「老師救命啊，我朋友危險了。」要老師去賓館。既然是那種地點，當老師的自然也有點警戒，但還是十萬火急地趕去了。結果在那裡被偷拍了照片。第二天家長就找到學校來，還報了警鬧得不可開交。但是我們這些同事立刻知道根本不是那麼回事。因為該老師外在的性別跟他內在的性向並不相符。沒有必要為了這種胡說八道公開自己有性別認知障礙的私事，大家是這麼勸他的。但該老師為了維護教師的尊嚴，跟家長和學生說了真相。這個女生因為老師告誡她上課的時候不要聊天，覺得怎麼就只針對我呢？真讓人不爽。原因就是這麼無聊的事。「處分？」沒有。這所學校怎麼讓人妖跟單親媽媽擔任情緒不穩定的青少年的導師啊！家長隻字不提自己女兒做的錯事，反過來指責校方，結果算是學校敗給了這種家長吧。教育場所也扯到勝負是有點可笑啦……「是那個老師嗎？」他去年轉到了別的學校，現在以女老師的身分在那裡任教喔。

雖然這個例子有點極端，但要是別的男老師碰上這種事我想就跳到黃河也洗不清了。從那時開始，S中學的做法是就算是自己班上的學生來找，只要是異性的話，就聯絡別的同性老師去。一年級有四個班，男女導師各兩位，這樣安排就比較容易處理了。本班的男同學要找我出去的話，我就聯絡一班的戶倉老師，讓他代替我去。反過來要是一班的女同學有什麼事情的話就由我出面。「根本不知道？」那是因為沒有告訴你們。「來的是戶倉老師的話，真的緊急情況聯絡妳也沒用？」長谷川同學，你上體育課的時候是不是不守規矩？剛才長谷川同學說真的緊急情況，我想其中的確也有那樣的簡訊。但不好意思，根據我的判斷一年裡大概也沒幾次。當然發簡訊的人當時真的覺得想死，真的覺得活著沒意義，真的覺得走投無路也說不定。可能完全沉浸在自己的世界裡，覺得世界上只剩下自己孤單一人。就算這樣也無妨，但至少顧慮一下你發簡訊的對象可能在做什麼，稍微替別人著想吧。即便如此，會發簡訊來可能還是好事。真的抱著黑暗負面想法的學生是不會發簡訊給老師的。

仰賴簡訊的人不如說是我呢。

*

就算身為老師，也不可能成天只想著學生的事。我有更重要的人。大家都知道我是單親媽媽，未婚母親。我本來要跟四歲女兒愛美的爸爸結婚的。他是我打心底尊敬的人，擁有我所沒有的特質。婚禮之前我發現懷孕了。這下子是奉子成婚啊，我們一面這麼說，一面覺得真是喜上加喜。因為我懷孕，他也一起做了健康檢查。其實只是順便而已，沒想到卻發現他身染重病，於是取消了婚禮。「因為生病的緣故嗎？」當然。「他很可憐？」是啊，井坂同學。的確，對方突然生了重病但仍舊結婚，夫婦一起度過難關的人很多。但要是你的話會怎麼辦呢？自己的男朋友或女朋友染上了ＨＩＶ的話……ＨＩＶ就是後天性免疫不全症候群，也就是愛滋病的病毒。這種說明沒有必要吧？暑假的讀書心得，班上大部分同學都選了同一本小說。大家都說「好感動」、「淚流不止」等等。既然大家都這麼說我也看了。是講援交的女孩子感染了ＨＩＶ，最後病發身亡的故事。「內容沒這麼簡單吧？」好像有人不滿呢。但是就算被故事感動，碰到跟ＨＩＶ帶原者性交過的人還是會退避三舍吧？濱崎同學，坐在第一排也用不著屏住呼吸。空氣不會傳染的。雖然現在的氣氛好像是我周圍半徑數公尺內都沒人想靠近，但其實握手、打噴嚏、洗澡或是游泳、共用餐具等是不會傳染的；也不會透過蚊蟲叮咬或是寵物傳播。輕微接吻也不會感染。就算身邊有帶原者，也不會因為日常生活傳染，班上有帶原者也不會傳染給同班同學。這些那本書裡都沒有提到。我該早點說的，我並沒有感染。大家的表情都難以置信呢。的確性交是HIV傳染的途徑之一，但也並非百分之百一定會感染。我做產檢的時候結果是陰性，但是因為很難相信沒有感染，還再度檢查過。後來知道性交的感染率才恍然大悟。各位很容易被數字影響，所以感染率到底是多少我就不說了。想知道的人自己去查吧。

他是在海外過著自暴自棄的生活時染上HIV的。當然我沒法子無動於衷地接受這個事實。知道他有愛滋的時候，我檢查結果雖然是陰性，還是非常震驚。要是接受健檢的順序反過來，我絕對會擔心自己會不會感染而嚇得半死。我雖然沒感染，但肚子裡的孩子要是感染了可怎麼辦呢？每天都夜不成眠。我再怎麼敬愛他都還是有憎恨的時候。他對我道歉過不知多少次，一面道歉一面懇求我把孩子生下來。我從一開始就沒想過要墮胎。墮胎是謀殺。他知道自己染上了愛滋也沒有自暴自棄。所謂自作自受就是這樣了。也有很多像血友病患者等等，並非己身過失而感染了愛滋的例子啊。

即便如此，我想他心中的絕望一定深不可測。我跟他說我們還是結婚吧。雙方都了解狀況的話日常生活並沒有太大的障礙，即將出世的孩子也需要父親。但是他頑固地拒絕了。意志堅定的確是他的長處，但其實他是個非常頑固的人。他說孩子的幸福最重要。剛才很多人一瞬間似乎屏住了呼吸，好像看見什麼怪物似地。這世間對ＨＩＶ帶原者確實存有偏見。就算孩子沒感染，要是給人知道父親是帶原者的話不知道會面臨什麼待遇。即便交了朋友，朋友的爸媽可能會對孩子說不能跟那個人一起玩。上學的話雖然吃飯啊體育課啊什麼的都不會有問題，但難保不會遭到同學甚至老師的欺負。沒爸爸的小孩的確也可能被歧視，但是相形之下社會還比較能接受。我們討論過之後決定不結婚，我自己把小孩生下來。

愛美出生之後確定並沒有感染。我真是如釋重負。絕對要好好養育她。我要守護這孩子。我在心裡發誓，把全部的愛情都投注在女兒身上。要是問我班上的學生跟女兒哪邊比較重要，那自然是女兒。這是理所當然的答案。愛美曾經問過我一次說，爸爸呢？爸爸在沒辦法跟愛美見面的地方努力工作喔。他放棄了父親的名分，將人生僅存的熱情全部灌注在工作上。

但是愛美卻已經不在了。

*

愛美滿一歲之後我把她送到托兒所，自己回來學校教書。城市裡的托兒所可以托到深夜，但在半鄉下地方就算延長時間也只能到六點為止。我娘家很遠，於是只好委託銀髮族人才派遣中心找保母。他們介紹來的就是住在學校游泳池後面的竹中太太。沒錯，就是養了一隻叫做毛毛的大黑狗的那家。常有人越過游泳池旁邊的柵欄，拿便當菜或零食餵毛毛吧。竹中太太每天都在托兒所四點放學的時候去接愛美，然後照顧到我下班為止。愛美非常喜歡竹中太太，叫她阿嬤跟她很親近；也很疼愛毛毛，說自己負責「餵毛毛吃飯」。就這樣麻煩了竹中太太快三年，今年年初她生病住院了一陣子。雖然她住院了，但我不想立刻就另外找人代替。在竹中太太康復前我就自己去接愛美。通常都請托兒所延長到六點，盡量早點把事情做完下班，但每星期三的教職員會議說不準什麼時候結束，所以那天四點就先去接她，讓她在保健室待到會開完為止。內藤同學跟松川同學常常去陪愛美玩。真的很謝謝妳們。愛美曾經很高興地在我耳邊悄悄地說：「姊姊們說愛美跟小棉兔一樣可愛喔！」

妳們倆都不要哭了。

愛美喜歡兔子。摸起來蓬蓬軟軟的東西都很喜歡。她特別喜歡從小朋友到高中生都受歡迎的造型玩偶「小棉兔」。帶到托兒所的包包、手帕、面紙、襪子、果汁罐等等全部都是小棉兔。每天早上她都拿著喜歡的小棉兔髮圈，坐在我腿上說：「綁成跟小棉兔一樣喔。」假日逛街，看見小棉兔的產品她就眼睛發亮，直呼：「好可愛啊。」

愛美去世之前一星期左右，我們去了很久沒去的購物中心，剛好有情人節促銷活動。特設的大賣場有非常多種巧克力商品。最近有所謂的「友情巧克力」，女性朋友之間也流行互送巧克力，所以有很多可愛型的商品。愛美看見了小棉兔巧克力。小棉兔頭型的絨布小包包裡有一顆白巧克力做的小棉兔臉。不出所料，愛美想要那個。但是我們說好了只能買一樣東西的。那天愛美已經買了小棉兔的運動服了。就是她死的時候穿的那件粉紅色運動衣。我牽著愛美的手說：「下次來的時候再買吧。」平常的話就算是小棉兔商品，我只要這麼說她就悶悶不樂地放棄了，但是那天愛美非常堅決。她說不要衣服了要這個，當場賴在地上大哭。但是說好了就是說好了，我也不肯讓步。我暗地思忖晚點偷偷買了，情人節那天讓她驚喜一下吧？雖然心裡這麼想，還是嚴厲地說我們約好了的。母愛跟寵溺是兩回事。跟家人一起來買東西的下村同學剛好看到了說：「才七百日圓而已，她這麼想要就買給她嘛？」讓我很不好意思。第三者出現使得愛美稍微冷靜了一點，鼓著腮幫子咕噥：「下次來的時候一定要買喔。」一面說著站起來。我苦笑著跟下村同學揮手道別。情人節還沒到愛美就死了。現在每天想起來都悔不當初，當時買給她就好了。

那天教職員會議在六點前就結束了。保健老師也參加教職員會議，但在六點放學前都會有幾位女同學輪流去陪愛美玩，愛美從來不會說好寂寞、好無聊或者亂鬧，總是乖乖地待在保健室等我。雖然如此，那天我去接她時卻不見人影。去廁所找她也不在。剛好那時是社團活動結束，收拾東西換衣服的時段，她會不會到姊姊們的社團活動室去了呢？我不以為意地在校內找愛美。一開始碰到的是內藤同學跟松川同學吧。我問愛美有沒到美術室來，妳們說：「本來想去跟愛美玩的，快五點的時候去保健室沒看到她，以為她今天不在。」然後就跟我一起找。天色雖然已經暗了，但是學校裡還有很多人，其他老師也幫著一起找愛美。結果是棒球社的星野同學找到的。他說：「今天是沒看到啦，但是以前看過她走到游泳池那邊。」我們就一起過去。冬天的時候游泳池的入口上鎖，還拴著鐵鍊，我們得翻過柵門，但是愛美可以從鐵鍊的空隙間鑽過去。夏天才有游泳課，但為了消防原因一年四季游泳池裡都蓄著水。愛美浮在漂著枯葉的昏暗水面上。我衝過去把愛美救上來，她的身體跟冰一樣冷，也沒有心跳。我一面叫她的名字一面替她做人工呼吸跟心臟按摩。星野同學不顧看見小孩屍體的驚嚇，立刻去找其他的老師。愛美送到醫院後診斷為溺斃。警方從沒有外傷跟衣著整齊判斷她是不小心失足掉進游泳池意外死亡的。當時天已經完全黑了，我根本無暇顧及其他，但卻記得看見竹中太太家的毛毛從柵欄對面探頭過來。警方調查發現，那邊柵欄附近有跟愛美托兒所發的麵包同樣的麵包碎片。有幾個學生說在游泳池附近看見愛美。原來愛美每個星期都會到游泳池那裡去，應該是去餵毛毛吃麵包。竹中太太拜託鄰居照顧毛毛，愛美不知道這件事，可能以為自己不去餵毛毛的話牠就會餓死。要是讓我知道她溜出保健室的話一定會挨罵，所以她總是一個人偷偷跑去，大概十分鐘就回來。我完全沒察覺。每次我問媽媽不在的時候她都做什麼呢？愛美總是用淘氣的眼神望著我說，跟姊姊們一起玩啊。那分明是隱瞞著什麼祕密的神情，要是我多追問一下就好了。那樣愛美或許就不會自己跑到游泳池附近了。

愛美是因為我身為家長保護不周而死的。在學校發生這種事，讓各位受到驚嚇真的非常抱歉。事發已經一個多月，每天早上我還是在被子裡伸手找愛美。愛美睡覺的時候總是要貼著我。要是我故意移開身子，她閉著眼睛也會伸手摸過來。我握住她的手她就又安心睡著了。每天醒來的時候，發現不管怎樣伸手尋找都再也摸不到她軟嫩的小臉跟柔順的頭髮時，我總是淚流不止。提出辭呈的時候校長問我：「是因為那次意外的緣故嗎？」剛才北原同學也問了同樣的問題。我之所以決定辭職原因的確是因為愛美的死。但是，要是愛美的死真的是意外，就算是為了遣散悲傷跟懺悔自己的罪孽，我也會繼續當老師。既然如此我為什麼還要辭職呢？

因為愛美的死不是意外，她是被本班的學生殺害的。

*

大家對年齡限制有什麼看法？比方說，要幾歲才能抽菸喝酒呢，西尾同學？沒錯，要滿二十歲。大家知道就好。二十歲就是成人了。每年電視新聞上的成人儀式，都是滿二十歲的新成人拼命喝酒的報導。為什麼那些人非得在這個時候喝酒呢？當然媒體渲染也是原因之一，但要是沒有「滿二十歲才能飲酒」的限制的話，或許就用不著那麼大做文章了吧？法律允許滿二十歲後飲酒，並非建議滿了二十歲就要喝酒。但是既然有年齡限制，覺得滿了這個年齡不喝好像就虧到，所以助長了這種現象吧？話雖如此，若是沒有限制，搞不好真的會有學生醉醺醺地來上學。班上一定也有人完全無視限制，在叔叔伯伯等親戚的勸誘之下喝過酒。要大家都依照倫理觀念來行動畢竟只是理想而已。

不知道我想說什麼？

這話暫且不提，各位好像都對犯人非常感興趣的樣子。我們班上有犯罪者這個事實，大家的感覺一定是好奇多於害怕。其中好像有人猜得到，也有人露出知情的樣子。我個人對現在還能若無其事地坐在原位的犯人感到非常驚訝。驚訝嗎？其實也不是。其中一個犯人是希望自己的大名能公諸於世的。相反地另外一人從剛剛開始臉色就非常不好，好像覺得這跟之前的約定不一樣，心裡非常不安。不用擔心。我沒打算要在這裡公布兩人的名字。

各位知道少年法嗎？

少年因為身心都未發育成熟，由國家代替家長制定了最好的自新之道。在我十幾歲的時候，未滿十六歲的少年就算殺了人，只要家庭法院認可，進少年觀護所就得了。小孩是純真的，這不知道是哪個時代的神話。九〇年代，十四、五歲的孩子鑽少年法的漏洞，犯下了許多嚴重的罪案。各位還只有兩、三歲的時候發生的「K市連續兒童殺人案」應該很多人都知道吧？要是說出犯人在恐嚇信裡用的名字，或許會有人想起來說：「啊啊，那個啊。」隨著這種事件發生，社會對於修正少年法的聲浪甚囂塵上。於是二〇〇一年四月施行了修正少年法，將刑事責任年齡從十六歲降為十四歲。

各位現在是十三歲。那麼年齡到底意味著什麼呢？

去年八月發生的「T市一家五口滅門血案」大家應該都還記憶猶新。犯人在暑假的時候把推理小說裡提到的各種毒藥分別少量混入家人的晚飯裡，然後每天把不同的症狀記錄在部落格上。但是症狀沒有犯人想像得那麼嚴重讓她感到不滿，最後把氰化鉀加到晚餐的咖哩中，害死了雙親、祖父母跟小學四年級的弟弟。犯人是這家的長女，十三歲的初一學生。她在部落格上貼的最後一篇記事是：「不管怎麼說，到頭來氰化鉀最有效！」這個案子電視跟報紙都大肆報導。「露娜希事件？」就是曾根同學說的。大家對這個名字比較有印象的樣子。露娜（Luna）是羅馬神話裡的月亮，也指月神。希臘神話裡叫做席琳娜（Seline）。「這個沒聽過？」也罷，無所謂。露娜希（lunacy）這個字是指精神異常、心智喪失，或者愚蠢的行為。少女殺人犯在部落格用這個名字，所以媒體就把這個案子叫做「露娜希事件」，說是「認真乖巧的女孩搖身一變成為瘋狂的月神」，甚至扯到雙重人格說，津津樂道地拼命渲染。你們有多少人知道少女受到了什麼處罰嗎？這個案子取了如此誇張的名稱，犯人因為未成年，姓名跟真面目都沒有公開；雖然只能從殘忍的事件內容推測少女心中的黑暗，但只抓著這點大做文章，真正重要的真相完全不明，就漸漸被人淡忘了。新聞可以這樣做麼？本案的報導只在某些孩子心中的黑暗面烙下了名為「露娜希」這個絲毫沒有人味的變態犯罪者的存在，煽動可悲的孩子們崇拜愚蠢的罪犯而已。我認為未成年罪犯不公開姓名跟面貌的話，犯人自鳴得意的化名也不該報導才是。真名既然用少年A或少女B來代替，部落格上的自稱「露娜希」也該打上馬賽克，隨便取個「傻瓜」、「屎蛋」之類的渾名就好。K市的兒童殺人案也不用特地公開犯人親筆的署名，「分明是個很普通的名字，卻裝腔作勢假借同音字，大概是在炫耀自己會寫複雜的漢字吧。」如此嗤之以鼻得了。大家覺得自稱露娜希的少女長得什麼樣子？請冷靜地思考一下。美少女會自稱露娜希嗎？既然不公開真面目，就附上用粗線清楚地畫著人中或法令紋那樣帶著惡意的漫畫像也成。盡量表現這也是個普通人。越是給了特別待遇、越是議論紛云，少年犯就越是自我陶醉。於是乎憧憬罪犯的愚蠢小孩就更多了。一開始就知道犯人未成年的話，大人就應該將案件盡量低調處理，好好教訓一下自我陶醉是非不分的愚蠢小孩才對。少女犯只要在隨便哪個兒童輔導機構寫寫作文，幾年之後就能若無其事地回歸社會。

但是大家知道這個案子有比殺人犯更受責難的人嗎？

那就是犯人學校裡的理科老師。這裡我們考慮到當事人的隱私，稱呼他T老師就好。T老師對教學非常熱心，也非常重視安全，連危險性低的實驗都不太讓學生做。他對於近年理科教學方式雖然有異議，但卻積極地投入實驗跟實習的安全措施。「妳認識他嗎？」其實事發前幾天，我們剛好有機會在「全國中學科展」的會場上聊過。犯人在暑假前跟T老師說：「我想去拿忘在化學實驗室的筆記本。」帶班的T老師在幾分鐘後有家長面談，不疑有他地把實驗室鑰匙給了平日乖巧的女學生。案發之後發現，犯人用來做實驗的藥品幾乎都是在自家附近藥房或者是線上購物買的，只有氰化鉀是從學校拿出來的。於是輿論嚴厲地追究T老師的管理責任。不僅如此，竟然還有「是不是T老師慫恿女學生」這種無稽之談，最後被逼到不得不辭去教職的地步。T老師被剝奪的不只是工作而已。連日的誹謗跟中傷讓T老師的太太身心嚴重耗損，現在世間已經淡忘了這個案子，但她仍舊住院療養，小學三年級的兒子則送到遙遠的外婆家，改用母姓上學。撇開跟T老師有一面之緣不談，身為同業者，案發之後我也收到了教育委員會發的危險物品徹底管理通知書。中學的理科教學雖然用不著氰化鉀，但T老師說不定是有別的考量。儘管有這種東西還是隨便就把鑰匙交出去，或許的確是管理失責。然而像本校雖然沒有氰化鉀，但能殺人的藥品可也不少。化學藥品櫃子的鑰匙放在學生拿不到的地方，但是用金屬棒之類的打破玻璃，還是一樣可以到手。這麼說來家政教室的菜刀呢？連體育館倉庫的跳繩也能殺人。我們當老師的原本就算知道學生制服口袋裡有刀，也不能強行沒收。即使那個學生打算用刀傷人，只要說是上下學途中防身用的我們也不能怎樣。跟上面報告也只會說：「嚴重告誡吧。」要到刀子生出事端才終於能沒收。當然那時已經太遲了。於是就會被指責：「既然知道學生帶著刀，為什麼不防患於未然？」真正不對的到底是誰？

真的是沒能嚴厲管教學生的老師不對嗎？

那我到底該如何是好呢？

＊

愛美的葬禮私下悄悄舉行了。很多人想參加都被我婉拒，真是對不起。雖然我也想要很多人跟愛美告別，但我更想讓愛美的爸爸送她最後一程。愛美只見過父親一面。那是去年年底的事。晚上看電視的時候愛美指著螢幕說：「我昨天看見這個叔叔喔。」我以為我心臟要停了。愛美說叔叔在托兒所的圍欄外面看著她盪鞦韆，看見她在看他，就招手教她走到圍欄旁邊。叔叔問：「妳是小愛美吧？有沒有每天都開心啊？」愛美回答：「有啊。」叔叔說：「那就好。」然後笑著走了。我想應該是愛美的爸爸不會錯。近來托兒所的安全措施也加強了，連住在附近的鄰居路過探頭看看，都會非常注意。他的話就算有人詢問應該也能編出理由來。說不定還會大受歡迎被請進去。我心想為什麼突然出現？已經五年沒聯絡了。這才分手以來第一次打電話給他。他告訴我他終究發病了。小說裡的主人翁一下子就發病，但通常HIV的潛伏期據說是五到十年左右。他的話是十四年，不知道是不是該說真能撐，還是說真能忍。我無言以對，他有氣無力地說：「以後不會再這樣了。」聲音裡完全感覺不出半點電視上的氣勢。我跟他提議說寒假的時候我們一起到遠方去度假吧。並不是同情他來日無多，是真的想親子三人一起生活。但是他也無力地拒絕了。愛美第一次被父親抱在懷裡的時候已經魂歸九天。他緊緊抱著愛美的遺體，自責說愛美的死都是因為他過去犯的過錯，痛哭了一整個晚上。有種形容說眼淚都哭乾了，這對他和我都不適用。眼淚要是能哭乾就好了。我非常後悔，早知如此就算強迫他也要大家一起生活。

我從剛剛開始就不停地說後悔呢。

葬禮後許多人都到家裡來跟愛美說再見。托兒所的老師跟小朋友、S中學的同事和學生都來了。我不收奠儀，大家帶來的小棉兔玩偶、零食等，我都供在愛美靈前。我對自己說愛美在她最喜歡的小棉兔的環繞下安眠了。我試圖這樣說服自己接受愛美的死。

上個星期剛出院的竹中太太也到我們家來。距離愛美的死剛好一個月。竹中太太在愛美的牌位前雙手合十，流著眼淚說：「對不起。」地方報紙的新聞標題寫著：「四歲兒童到游泳池附近餵狗不慎失足死亡」，讓竹中太太覺得是自己的錯而沮喪萬分。由於是在學校發生的事故，校長代替憔悴的我看了新聞稿，但我後悔沒自己檢查。我又後悔了呢。竹中太太把放在她家裡愛美的替換衣物、筷子調羹、填充玩具等裝在紙袋裡帶來給我。其中有一件眼熟的小玩意：小棉兔頭型的絨布小包包。愛美那麼想要而我終究沒買給她的東西是哪來的呢？愛美不管是竹中太太還是其他任何人給的東西，就算只是一顆糖果也會跟我報告。竹中太太說那個小包包是在毛毛的狗屋裡發現的。這麼說來可能是毛毛玩過了吧，小包包破破爛爛的，但是竹中太太還是特地帶了來：「沒有小兔兔愛美會寂寞，那就太可憐了。」我很感謝竹中太太一直照顧愛美，她自己身體還沒完全復元就到我們家來，所以我開車送她回去。我們看見毛毛在有段時間沒整理的院子裡玩一顆棒球。雖然竹中太太說那是從學校飛過來的，但棒球社的四號強棒擊出再怎麼遠的全壘打，也不可能越過球場的保護網、飛過游泳池掉進來吧。竹中太太說有時會看見放學後來打掃游泳池的學生在池邊玩接球，是那時候掉進來的吧。我想起來犯了小錯的學生會被罰掃體育館倉庫或游泳池。

今年我們班也有受罰的學生，在這之前我完全忘記了。

那天愛美是自己一個人去游泳池邊的嗎？我心中突然生出了疑慮。回家之後我再度拿出小棉兔絨布小包。這個小包包真的是愛美的嗎？如果是的話就是有人買給她的。拿起來搖晃，發現雖然是絨布卻挺重的。我拉開拉鍊，薄薄的內裡下面隱約可以看見電線似的東西。我極力忍住心中浮現的不祥預感，第二天找了兩個學生分別談話。

外面走廊上好吵。別班已經下課了吧。有社團活動或者是要上補習班的人，除此之外想離開的人都可以走了。我說了這麼多稱不上愉快的話，接下來只會更加不愉快，不想聽的人現在就請出去。沒有人要走嗎？那就表示各位都是自願要聽，我就繼續了。

從現在起我們把這兩個犯人稱為A和B吧。

*

A在剛入學的時候是個不引人注意的學生。私底下似乎有部分男生覺得他是個了不起的人物，但是當時我還不知道。我注意到A是在第一學期期中考過後。第一學期上的理科是生物，A在期中考的時候得了滿分。全學年滿分只有一個人，A滿分不只我們班知道，其他班也都曉得。我們班上大家都誇說：「太酷了！」但別的班級除了讚嘆外卻有令人介意的說法。跟A一起上小學的C同學不屑地說：「反正那傢伙自己在做實驗嘛。」這話讓我覺得怪怪的，就教C同學下課後到化學實驗室來找我。C同學醜話說在前頭：「不能講是我跟老師告密的喔。」然後告訴我A從小學高年級的時候起就會撿流浪貓狗回家，用自己發明稱為「處刑機器」的奇怪道具反覆虐待，最後殘忍地殺害。我想起來，一開始垂著視線說話的C同學，到後來好像是在炫耀自己的豐功偉績一樣說：「那傢伙還拍了影片，在網站上公開播放！」看到他沾沾自喜的表情讓我不禁打了個寒顫。C同學也告訴我A的網址。我立刻到辦公室的電腦上網去看，網站叫做：「天才博士研究所」，頁面上只用詭異的字型寫著一行字：「現在正在開發新機器，敬請期待！」入學前A的小學送來的品行調查報告裡完全沒有提到這方面的事。為了保險起見，我打電話給A小學六年級的導師確認，對方只輕描淡寫地回答：「從來沒聽過那種事。A同學既認真成績又好，是個好學生。」從那時起我就開始注意A，而A在學校總是非常認真，不管行為舉止還是學習態度都毫無問題，簡直就是模範生。漸漸地我也就沒那麼留意A了。當然每年五月這時候情緒不穩定的學生變多，我無暇他顧也有關係啦……

六月中旬，下課後我在化學室準備三年級的實驗，A一個人來了。他一面興致盎然地看著實驗用具，一面問：「老師的專長是什麼？」我回答：「化學。」他反問：「那電機方面呢？」物理我也上過，但想到A父親的職業我便說：「令尊應該比較熟悉吧？」話聲剛落，A就突然把一個錢包遞到我面前。那是個黑色假皮的拉鍊零錢包，一眼望去就像是百元商店賣的，沒有任何出奇之處，我心想這是什麼，A笑著說：「裡面有好東西，打開來看看。」一定是惡作劇。我提高警覺伸手接過。錢包比想像中要重。我以為裡面八成裝了青蛙還是蜘蛛什麼的。那可嚇不倒我。我鼓起勇氣拉拉鍊，一瞬間指尖麻了。我以為是靜電。時序是六月，當天還下雨。我茫然地望著手指跟錢包。A得意洋洋地說：「很厲害吧？我花了三個多月才做出來。」然後又咋舌道：「但是效果沒有想像中好。」我懷疑自己聽錯了。「你拿老師當實驗品嗎？」我問。他毫無歉意，仍舊笑著說：「反正做化學物理實驗的人，吃一點藥物或者觸電也沒關係吧。」我想起C同學的話，還有他的網站上寫著「現在正在開發新機器」的字句。我嚴厲地質問A：「為什麼做這種危險的東西？要拿來幹什麼？殺死小動物嗎？」我的指尖仍殘留著麻痺感。A像外國人一樣雙手一攤說：「幹嘛這麼神經緊張？妳不明白這玩意有多厲害真令人失望。算了，我到別處去試。」A說著從我手中拿回錢包走了出去。

我在那個星期的教職員會議上報告了A製作拉鍊通電可能傷人的錢包，以及從C同學那裡聽到的話。但是大家都不當回事，覺得只是靜電程度的話沒什麼大不了吧。校長只指示：「嚴重告誡他以防萬一。」我打電話去A家。不是要責備他，只是希望家長不時關注他一下，預防觸電之類的意外。我這麼跟他母親說，她只諷刺地回我：「老師分明有小孩要照顧很辛苦，沒想到還這麼閒呢。」我每天都去看A的網站，我以為他說的別處一定就是這裡了。但是網站上一直都還是「敬請期待」。

隔週A拿著一張表格、資料夾，還有那個錢包，來找我說：「希望老師在這裡蓋章。」那是貼在教室後面布告欄上的全國中學科展報名表，截止日期是六月底。因為截止日期是在暑假前，我只簡單地跟一年級的各位介紹了一下，沒想到A竟然要拿那個錢包去參展。報名表上的主題寫的是：「嚇人防盜錢包」，用途欄寫著：「別讓小偷偷走重要的零用錢」。此外姓名、學校等必要事項都已經填好了，只剩下指導老師那欄空著。改良的錢包加上了新的解除功能，對主人沒有危險，不知情的人沒事先解除機關就想打開的話才會觸電。資料夾裡則是錢包詳細製作過程的報告，還附了圖片。報告的最後提及由於效用只有一次，今後的製作重點在預定用大學生程度的知識加以改良。即便如此，結語還是：「我會更加努力，讓老年人也能安心使用！」這樣孩子氣的話。自己家裡分明有電腦，報告還是都用手寫，字裡行間充滿中學生努力的感覺。我看過報告以後，A對我說：「雖然不是在老師指導下做的，但是沒有老師蓋章不能報名，妳是導師，還教理科，所以就拜託了。」但是我還是沒法當場蓋章。A對猶豫的我說：「我做這個是為了伸張正義。老師覺得這是危險的東西。那我們讓專家判斷誰對好了。」我接受了像是宣戰布告的這番話。要說勝負的話結果是我輸了。「嚇人防盜錢包」獲得市長獎，參加全國大賽也獲得國中組第三名特別獎，評價很高。

＊

為了確定愛美死亡的真相，我把Ａ叫到化學實驗室。當時在這裡我真的不能做些什麼嗎？化學實驗室是激起我自責念頭的場所。由於縮短了上課時間，中午就放學了。我把小棉兔的絨布小包遞給若無其事地出現的Ａ，學他說：「裡面有好東西，打開來看看。」當然Ａ連碰也不碰。太可惜了。分明有等於改良電擊槍的威力。沒錯，這種東西只要稍微學習一下誰都做得出來。要不要真的做端看個人的道德觀而已。

終於發現了啊。Ａ察覺我叫他來的理由，彷彿在等這一天到來似地開始得意洋洋地述說真相。那個錢包果然就是Ａ所謂的處刑機器。

Ａ把完成的自信作品先在看小電影的同學之間試驗。雖然大家都說：「好厲害，」但只是嚇人箱程度的反應讓Ａ不滿。這些傢伙不了解我的才華，那我給別人瞧瞧吧。於是他來找我。我的反應讓Ａ很滿意。但是Ａ搞錯了。我覺得危險的並不是錢包，而是Ａ的道德觀念。認定危險＝錢包的Ａ確信這樣一來大家就會了解處刑機器有多了不起，進一步故意用言詞激我。但是出乎Ａ的意料，大驚小怪的只有我一人而已。Ａ就想這樣在網站上公開錢包的話，看見的反正都是不識貨的人，既然如此就給識貨的人看。

於是他參加了全國中學科展。評審中雖然不知怎地也有科幻小說作家，但大部分都是理工領域的傑出人士。在公開場合被名人指責作品具有危險性，這樣一來處刑機器就會出名，自己也就成為危險人物備受矚目了。A是這麼打算的。但要是錢包在初選階段就被當成危險物品而被淘汰的話可就糟了。所以才下了功夫盡量用充滿小孩正義感的口吻寫報告。或許是他下的功夫有效了吧，一直到最後A都被評價為健全的國中生。全國大賽的時候連不時會上電視益智猜謎節目的著名大學教授都稱讚道：「你真了不起呢，我都做不出這樣的東西。」這是針對在眾多機器人助手類的作品中，錢包著眼於防盜對策，並非裝置蜂鳴警報器等而是本身就有安全系統這樣的創意。但是A誤以為是對自己技術跟才華的高度評價。果然在這方面的確是小孩呢。沒被視為危險人物的A接受本地報紙的訪問時還是滿意說：「雖然跟預期有點不一樣，但這樣也不錯啦。」我看著高興的A接受採訪，安心地想：「這孩子只是希望引人注意而已。就這樣把精力投注在正面的方向就好了。」之前讓人操了不少心，我以為這下應該解決了。

暑假後半，本地報紙大幅刊登A的報導當天，佔了整版篇幅的新聞就是「T市一家五口滅門血案」。之後電視跟報章雜誌全都是這個案子。第二學期開學後，沒人提到A上報紙或者是被大學教授稱讚的事，大家的話題清一色全是露娜希事件。做了好事被表揚根本不會有人注意。露娜希根本不算什麼。氰化鉀？不就是用現成的東西殺人嘛。要是我的話就能連殺人的工具都自己做出來。如此一來大家就會更注意我了。案子鬧得越大，A的忌妒心就越膨脹。於是A就埋頭開發處刑機器。

*

B在剛入學的時候是個很平易近人的孩子。看得出來是在雙親跟兩個年長的姊姊呵護之下長大的，給人穩重平和的感覺。我聽完A的說辭之後，打電話給已經回家的B，叫他到學校游泳池來。大概是地點讓B知道我的用意，他不肯出來，反而叫我去他家。傍晚時我去到B家。B問我說讓媽媽也在場可以嗎。我突然去家庭訪問讓B的母親不知所措，從她的樣子看來應該是毫不知情。我同意了B的要求，他就在母親的陪伴下一點一點開始述說開學以來的事情。

B一入學就立刻加入網球社。他想嘗試某種運動，網球感覺起來好像很合適。加入社團之後發現，從小學就開始打的人到了五月就能上球場，上了中學才開始打的人都在鍛鍊基本體力，到了五月連網球拍都還握不上。而B是屬於後者。新進團員半數以上都跟自己一樣，所以他也不介意。六月的時候終於能握球拍了。上學跟放學途中提著網球拍的袋子，覺得自己還挺帥的。暑假開始後顧問戶倉老師排了分組練習表。強化攻擊組、強化防守組等等。B分在強化體力組。其他的組都是六個人，B這組卻只有三個人。其中D同學是早已經不來參加社團活動的幽靈成員，另外一人則是綽號叫小娘、瘦小蒼白的E同學。B每天都跟小娘一起在學校跑步。B並不覺得自己的體力比其他組的成員差到哪去，因此甚為不滿。有一天參加別的社團活動的女同學問他說：「B同學不是網球社的嗎？為什麼在跑步？」B覺得丟臉丟到家了，一時氣不過就跟戶倉老師要求換社團。老師問他：「你是不喜歡跑步，還是不喜歡被別人看見跟小娘一起跑步？」當然B是因為後者，但是說不出口。老師對沉默不語的B嚴厲地說：「光在意別人的眼光是沒法變強的。分組練習還有一星期，加油吧。」但是第二天B就讓母親打電話退出了網球社、去上在市中心以熱心輔導出名的補習班了。第二學期開學後原本成績平庸的B成績大幅提升。期中考的平均分數比第一學期高了將近十五分。按照成績分班的補習班一開始上的是倒數第二的E班，兩個月後就升上了B班。剛入學的時候成績跟B差不多的F同學從十一月起就跟B上同一間補習班。F同學一開始上的是D班。某個時期學業、運動或是藝術之類的才能會突飛猛進，這算是青春期的特徵。只要去做就會有成果，有了自信就會更加努力。對自己的能力過於自信的人也很多。但是就像有名的運動選手也有低潮期一樣，才能發揮到一個地步一定會碰到瓶頸。其實從這時開始才是真正勝負的關鍵。會分出：認為到頭來自己只有這種程度，就這樣直線下降的人；就算沒結果也不焦急，繼續努力維持現狀的人；以及，現在正是加把勁的時候，更加努力突破瓶頸往上爬的人。我擔任三年級的導師時，考試前常有家長會說：「這孩子只要努力就做得到。」但「這孩子」多半正是在這個關卡直線下降的人的典型。並非「只要努力就做得到」，而是「根本無法努力做到」。

B也第一次面臨了這樣的轉捩點。

放寒假後B的成績停滯不前，然後似乎有下降的趨勢。成績單稍微好看一點，新年假期就心浮氣躁，這樣馬上就會落後喔！過年後第三學期剛開始，補習班的老師就當著全班同學的面，像電視廣告上演的那樣斥責激勵他。只不過成績稍微下降一點，用不著在大家面前發脾氣吧。B覺得非常不高興。但是還有更讓人不爽的事。B仍舊留在B班，但F同學卻升上A班了。補習班下課之後滿肚子悶氣的B家也不回，跑到遊樂場打電玩。剛剛才拿過紅包所以荷包滿滿。電玩打入迷的B回過神來發現自己被高中生包圍，荷包即將不保。B奮力抵抗，正要被狠揍的時候被巡邏的警察發現救了下來。當時已經過了晚上十一點，警察打電話到我家，我就打電話給戶倉老師。B看見來接自己的不是導師，好死不死竟然是戶倉老師，非常震驚。B問：「為什麼森口老師沒來？」戶倉老師說：「沒辦法，因為她是女老師啊。」但B誤以為是因為我的家庭狀況。單親媽媽一定覺得班上的學生沒有自己的小孩重要。「你反正一定是被補習班的老師說了幾句就生氣了吧。你這樣老是在意別人的眼光，稍微被罵就鬧彆扭，出了社會就有更大的苦頭吃呢。」戶倉老師開車送B回家的時候這樣對他說。「這種言語暴力太傷人了。」B不明事理地說。但是我卻認為戶倉老師並不是只會大聲罵人，我很佩服他對學生觀察入微。

B在講到這裡的期間，他母親在旁邊不知道重複說了多少次「真可憐」。我心想真是溺愛小孩的母親，但孩子能這樣受寵還真令人羨慕。B雖然是受害者，但是S中學的校規規定禁止出入電玩遊樂場。B違反校規的處分是一週內每天放學後花一小時分別打掃游泳池畔跟更衣室。

＊

二月初，A將拉鍊上通的電壓成功增加為三倍。無論如何都想試驗一下。就在此時A在上課時看見坐在隔壁的B，在筆記本的邊緣猛寫：「去死。」下課後A若無其事地問B說有很夯的片子你要不要看啊？B從以前就對A的影片很感興趣，聊得非常投機。B放鬆戒心之後A就問，你有想教訓的傢伙嗎？B吃了一驚，A解釋說嚇人錢包成功升級啦，但是還沒試驗過。這玩意就是要用來教訓壞人的，所以也該拿壞人來試驗啦。B當然知道嚇人錢包的事，也覺得參加全國大賽挺了不起的。於是B立刻說了戶倉老師的名字。但是說穿了，Ａ只不過是個不靠工具就什麼也做不成的軟腳蝦。碰到比自己強的對象立刻就退縮了。他說：「我不想跟那傢伙扯上關係啦。」然後Ｂ就提到我。因為我沒出現而讓戶倉老師去接他，讓他把不滿的矛頭指向我。但這也被Ａ否決了。理由好像是沒辦法用同樣手法騙我兩次。之前上當也沒什麼大了不得的反應。然後Ｂ就想起來在打掃游泳池邊的時候看見過愛美。那森口的小孩呢？Ａ同意了。Ａ也知道每個星期三放學後我都會把愛美帶到學校來。Ｂ告訴Ａ愛美自己一個人到游泳池去餵狗，以及在購物中心想要小棉兔絨布包但我不肯買給她的事。提到絨布包讓Ａ靈機一動。

接下來的那個星期三，Ａ跟Ｂ在放學後躲到游泳池的更衣室裡等，看見愛美一個人到游泳池邊來，拿出藏在運動衫裡的麵包直奔毛毛，越過柵欄餵牠。Ａ和Ｂ就走到她背後。Ｂ帶著親切的笑容開口說：「妳是小愛美吧。我們是妳媽媽班上的學生。對了，之前我們在購物中心見過呢。」愛美心存警戒。Ａ猜想她是擔心自己到這裡來的事情被媽媽發現。他把手藏在背後，友善地跟愛美閒聊。妳喜歡狗嗎？我們也喜歡。所以常常來這裡餵牠吃飯喔。來餵毛毛的哥哥們讓愛美放下了戒心。這時Ａ把藏在背後的絨布小包拿出來給愛美看。之前媽媽沒有買給妳吧。還是已經買了？愛美搖頭。沒有吧。因為這是妳媽媽拜託我們去買的。雖然有點早，這是媽媽給妳的情人節禮物喔。Ａ把絨布小包掛在愛美脖子上。聽到是媽媽給的，愛美非常高興。裡面有巧克力，快點打開來看看。愛美在Ａ的催促之下，伸手拉拉鍊的瞬間，一聲也沒吭就當場倒地。夕陽餘暉下的愛美一動也不動。A笑容滿面地說：「成功了！」眼前的光景讓B難以置信。怎麼搞的？這小孩不動了耶。B用顫抖的聲音問A。去跟別人宣傳吧。A這麼說著甩開B搭在他肩膀上的手，滿足地離開了。自己一個人留下來的B嚇得要命，心想這小孩不會死了吧。他沒法直視愛美，只看著絨布小包上的小棉兔。要是這樣死了，人家就會發現我是共犯了啊。B別開視線，把愛美脖子上的絨布小包拿下來，用力丟到柵欄另一邊。對了，就讓她不小心掉到游泳池裡吧。B抱起愛美，把她扔到冰冷混濁的水裡，然後逃之夭夭。B最後補充說當時因為非常驚慌，所以不怎麼記得了。但說到這地步也已經足夠了。

以上就是愛美死亡的真相。

*

雖然我已經知道真相，A跟B還是照常來上學。警察也沒有要到學校來的樣子。為什麼呢？A帶著恍惚的表情坦承之後，我對他說就算這樣也是意外。絕對不是你期待的驚天動地殺人案件。我也這樣告訴把一切和盤托出後鬆了一口氣的B，以及聽到自己兒子的告白驚訝得說不出話來的B的母親。身為人母我恨不得把A和B都殺了。但我也為人師表。

告訴警方真相，讓兇手得到應得的處罰雖然是成人的義務，但教師也有義務保護學生。警方既然已經斷定為意外，事到如今我也不打算翻案。聽起來很像神職人員會說的話吧？B的父親下班回家聽說後，打電話來要給賠償金，但是被我拒絕了。我要是收了錢，對B而言這件事就算結束了。我希望B謹記自己犯下的罪過，走上正途。B承受不住沉重的罪惡感的時候，還請爸媽用溫暖的親情守護他、扶持他。這樣不是也挺好的麼？

要是A再殺人怎麼辦呢？

很冷靜呢。這就是所謂打電玩的頭腦嗎？聽謀殺案比HIV的事要鎮定，對我而言難以理解。只不過說A還會殺人是誤會了。竹中太太來我家的那天晚上，我到學校把絨布小包拆開，把電線重接起來測了電壓。詳細數值略過不提，結論是別說有心臟病的人了，就算是四歲小孩也不會因此心跳停止。直接用手測試，濕手碰到洗衣機電線觸電的程度比這要強多了。愛美應該只是昏倒而已。剛才也說過，愛美的死因是「溺死」。案發第二天，A聽到愛美的屍體在游泳池裡被發現，責問B說：「幹嘛多管閒事啊！」話中含意雖然完全不一樣，我可也想這樣跟B說。去找人來幫忙，要不，管他三七二十一直接閃人也好。

那樣的話，愛美應該還活著。

＊

我並不想當神職人員。

之所以沒有跟警察說明真相是因為不想把A和B的處罰委交法律。A雖然有殺意但並沒有直接下手。B雖然沒有殺意但卻殺了人。就算交給警方，兩個人頂多進少年院、要不保護管束處分，甚至有可能無罪釋放。我想把A電死，讓B淹死。但是就算這樣愛美也回不來了，A和B兩人也無法懺悔自己犯的罪。我希望這兩人知道生命的可貴。我希望他們知道這一點，了解自己罪孽深重，然後背負著重擔活下去。這樣的話該怎麼做才好呢？

眼前不正有以這種方式活著的人麼？

我們從鈣質不足講到這裡。大家缺乏的不只是鈣質而已。自古以來日本人就有能享受食材原味的纖細味覺，但近年連甜咖哩跟辣咖哩都分不出的小孩越來越多了。據說這是缺乏鋅引起了味覺障礙。各位的味覺，不對，A和B的味覺如何呢？牛奶好像全喝完了，有沒有覺得怪怪的，比方說有鐵銹味之類的味道呢？因為是看不見內容物的紙盒牛奶才能這麼做。我把今天早上抽的血混入兩人的牛奶裡了。不是我的血。我偷偷讓兩人喝的，不是希望他們都能成為好孩子的「勸世鮮師」，櫻宮正義老師指甲縫裡的污垢，而是他的血。

看來大部分的人終於都明白了。

沒辦法立刻曉得會不會有效果。兩、三個月後請一定要去驗血。要是有效的話，通常潛伏期是五到十年，在這段期間請好好體驗生命的可貴。我深切地寄望兩人知道自己罪孽深重，對愛美誠懇反省謝罪。各位還要繼續做同班同學，請用溫情守護這兩人，絕對不要排斥他們。我們班已經沒有會隨便發「我想死」這種簡訊的人了吧。我還沒決定今後要怎樣活下去。說不定沒有自己選擇的餘地了呢！那樣的話緩刑就到效果出現為止。「要是沒效怎麼辦？」說的也是。那就請盡量小心不要出車禍吧。

我跟愛美的父親從案發之後就住在一起了。我們本來要結婚的。從這個春假開始我想跟他平靜地過日子，直到最後為止。各位也請過個有意義的春假。這一年間謝謝大家了。

我的話到此為止。

第二章　殉教者

＊

悠子老師下落不明。難以相信不過幾個月前我們還每天都見面。老師沒有把奪去寶貝女兒的兩個少年交由法律制裁而自己下手，然後就從我們面前消失了。我覺得老師這樣有點不負責任。要是決定自己制裁的話，總要看那兩個少年最後到底怎樣了吧！

老師應該要知道制裁之後發生的事。我這麼想著寫了好長的信，要怎樣才能讓老師看到呢……想來想去想出一個苦肉計，決定把這封信投給以前老師在休息時間常在辦公室看的文藝雜誌新人獎徵稿活動。近年來有很多十幾歲的得獎者，所以我想也不是沒有可能啦。

但是我有點擔心。這本文藝雜誌上「勸世鮮師」的連載專欄四月號就結束了。要是這封信得獎刊登了，老師不知道會不會看到。就算這樣我想有一點機率也好。

但是老師，我絕對不是要跟妳求救。我只是有一件事無論如何都想問老師而已。

*

進入正題之前，老師有沒有注意到班上的氣氛？

凝重、清新、停滯、流通……我認為氣氛是在場所有人氛圍的綜合。而我每天都非常敏銳地感受到氣都喘不過來的地步，大概是因為我沒法好好地跟大家打成一片吧。總而言之雖然是春天，但我們二班教室裡的氣氛一言以蔽之就是……

詭異。

*

老師制裁了小直跟修哉是上學期最後一天，那也是小直最後一次到學校來。新學期開始，二年二班教室裡就看不到小直的蹤影了。只有小直沒來，修哉還是來上學。包括我在內，大家對修哉來上學比對小直沒來還感到驚訝。沒有人跟修哉說話。大家都保持距離觀望，一面竊竊私語。

修哉對大家的反應似乎完全不在乎，按照學號到自己的座位上坐下，拿出包著書套的小說開始看。這不是在逞強，他從一年級的時候就每天早上都這樣。一切都沒有改變。我想這在大家眼中看來反而令人毛骨悚然。

天氣很好，教室窗戶都開著，但氣氛卻很凝重。上課鈴在沉重的空氣中響了，新的導師走進教室。年輕的男老師意氣風發地在黑板上寫了自己的名字。

——從學生時代開始人家就叫我「維特」，你們也這樣叫我吧。

突然這麼說教人不知如何是好，但這裡我們就叫他維特吧。

——話雖如此我可沒有煩惱喔。

聽到這句話沒有任何人發笑。

——喂，你們也看看書啊。

維特誇張地擺出嘆氣的樣子這麼說。他的名字叫做良輝所以暱稱維特[1]，被套上「少年維特的煩惱」也可以理解。但是喂，拜託你也看看班上的氣氛啊。我的感覺是這樣。

——喔，差點忘記了。直樹感冒請假……還有其他人缺席嗎？

維特確認開學第一天的出席狀況，親熱地直呼同學的名字，然後立刻開始自我介紹。

我中學的時候絕對不是認真的學生。背著爸媽抽菸、討厭某個老師就亂整人家的車子……但是二年級的時候班導師改變了我。只要有誰有事情，就放下正課誠懇地跟我們談。為了我也花了有五堂英文課吧……哈哈。

老實說八成沒人在聽維特自我介紹。大家在意的是直樹感冒請假的事。

我知道那當然是假的，但至少小直還沒轉學讓我鬆了一口氣。不少人偷瞟修哉。修哉雖然做出好學生的樣子面向老師，但看起來並沒在聽老師說的話。即便如此維特還是興致勃勃地說個沒完。

——我今年春天剛剛被學校聘用，二班是我帶的第一個班級，很值得紀念的。我不想對大家有先入為主的成見，所以你們一年級的導師寫的品行行為報告我沒看。大家可以坦然面對我。有什麼困擾都可以來找我，不要把我當老師，當大哥好了。

先是維特，現在又是大哥。大家、大家叫個不停。開學典禮前漫長的班會最後，熱血沸騰闡述自己理想的維特，用新的黃色粉筆在黑板上寫了滿滿的大字：

ONE FOR ALL! ALL FOR ONE!

我不知道悠子老師是怎麼看我們每一個人的，更何況還寫了小直跟修哉的品行報告更是難以想像。但要是維特好好看了報告的話，我想就不會發生那樣的事了。

＊

黃金週結束進入五月半，教室裡的氣氛比較安定了。小直還是沒來學校，大家也都避著修哉。

然而大家可能是習慣了避著修哉（這種講法很奇怪吧），並沒表現出對他的厭惡，而是彷彿他根本不存在一樣自然地躲著他。凝重的空氣也沉穩下來，變得理所當然，也就沒那麼令人喘不過氣來了。

有天晚上電視播了一個以教育為主題的節目。

節目裡介紹了某處的中學「利用早晨小班會短短十分鐘，全班一起閱讀。」閱讀不只可以豐富感性，還能提高集中力，增進學習能力。我一面看電視一面想起了修哉。

第二天教室後方就設置了班級圖書館。是維特從自己家帶來組合櫃跟書做的。

——不好意思這是我的舊貨，大家一起讀書豐富心靈生活吧！

雖然他很單細胞，但我覺得這個主意不錯。只不過看到排排站的書我都呆掉了。連對長得不賴的維特開始有好感的志保她們也都退避三舍。三層的組合櫃最上層全部都是「勸世鮮師」的著作。

維特看見大家對他費力做的班級圖書館反應冷淡不知是否有些不滿。我們在他擔任的數學課堂上做習題，他走到教室後面，拿下一本書突然開始大聲朗誦。

——我對宗教毫無興趣，但是在浪跡天涯的時候，不知從什麼時候開始隨身帶著聖經。馬太福音第十八章裡有這麼一段：「一個人若有一百隻羊，一隻走迷了路，你們的意思如何？他豈不撇下這九十九隻羊，往山裡去找那隻迷路的羊嗎？若是找著了，我實在告訴你們，他為這一隻羊歡喜，比為那沒有迷路的九十九隻歡喜還大呢！」……我在這裡看見了教育的真諦。

維特念到這裡闔上書，慢慢地開口。

——今天我們不上數學課了，改開班會。大家一起討論直樹的事吧。

他大概覺得直樹是迷途的羔羊吧。維特連習題答案也不對，就教我們把課本收起來。小直不來上學的理由開學第一個星期是感冒，之後就變成身體不好。

維特這麼說了。

——在此之前我都騙大家說直樹是因為身體不好所以請假。但直樹並不是裝病逃學。直樹雖然有想來上學的意志，但是他心裡有病讓他來不了。

意志跟心似乎是在同一個地方吧。這是維特自己的解釋還是直樹的媽媽說的就不得而知了。

——一直瞞著大家真對不起。

我覺得維特這樣道歉有點可憐。小直或許的確心裡有病，但是不知道他之所以這樣的原因只有維特一個人。那天悠子老師告白的事件真相，沒有任何人傳出二班之外。老師離開教室以後，全班的手機都接到同樣的簡訊郵件。

把二班裡的告白傳出去的傢伙就是少年C。

為了聯絡方便，班上所有人的郵箱地址都互相登錄，但這是誰發的卻不知道。

維特提出一個建議。

——我們來創造讓直樹想上學的環境吧。

大家都默不作聲。連平常附和維特無聊笑話的健太都低著頭不語。維特好像以為大家是在認真地考慮他說的話，滿意地開始說了好幾個方法。搞不好他本來就沒打算徵求大家的意見。

——大家把上課的筆記送到直樹家吧。

教室裡明顯不情願的「ㄟ——」一聲此起彼落。

——亮治，你為什麼這種態度呢？

維特問聲音最大的亮治。亮治露出「糟了」的表情，低頭順口說出了個好藉口：「因為我家在反方向……」

——這樣大家輪流影印筆記，我跟美月每星期送到直樹家一次好了。

為什麼是我？因為今年我是班長（順便一提副班長是祐介），而且我家離直樹家很近。我忍住沒露出不情願的表情也沒反對，維特卻對我說：

——美月是不是在跟我客氣？

我根本不知道他在問什麼。

——美月沒有綽號嗎？

看來維特是不滿意我不叫他維特。雖然如此也不是除了我之外全班每個人都叫他維特啊。大家都叫我美月，所以我就說沒有。就在這時候綾香大聲說：「美蛋！」的確我小學低年級的時候幾乎全班同學都這樣叫我。

——這不是很可愛的綽號嗎！很好，從今天開始我也叫美月「美蛋」了。其他人也叫好嗎？能當同學是緣分啊。大家就這樣打破彼此之間的隔閡吧！

拜維特熱心地呼籲之賜，我從那天開始再度被人叫美蛋了。

*

第一次送筆記去直樹家是五月第三個星期五。小學低年級的時候我常常跟直樹的二姊一起玩，去過他家很多次。

迎接我跟維特的是直樹的媽媽。

好久不見的伯母跟以前一樣，梳妝打扮得好好的。

小直喜歡吃鬆餅當點心。我切洋蔥流眼淚，小直拿著我最喜歡的手帕來說，媽媽不要哭了。小直參加書法比賽得了第三名呢。

小直、小直……我跟小直的二姊玩，他根本不在場，但伯母總是說小直的事。

我以為把筆記送到就可以走了，但伯母卻請我們進客廳。維特雖然有點遲疑，但似乎一開始就有這個打算。

我也曾經在客廳跟小直玩撲克牌、黑白棋之類的。小直的房間就在客廳正上方的二樓，二姊總是對著天井叫：「小直拿撲克牌來。」姊姊現在在東京上大學。我抬頭望著天井上方，但是看不出小直在不在。伯母端出紅茶，對維特說：

——小直會有心病都是去年的導師害的。要是所有老師都跟您一樣熱心，那孩子也不會變成這樣了……

看伯母的樣子，小直應該沒有把結業式那天受到的制裁告訴媽媽。要是知道的話，伯母應該沒辦法這麼沉著地發牢騷。

沒有跟媽媽說，就表示小直自己一個人在苦惱。伯母一面避免談起那次事件，一面繼續責怪悠子老師。或許她以為兒子只是捲入意外事件也說不定。

小直沒有要出現的樣子，結果我們像是專程來聽伯母的怨言一樣。但是煞有介事跟伯母應答的維特還挺得意的。至於話聽進去多少倒是個疑問。

——伯母，直樹的事就交給我吧。

維特自信滿滿地這麼說的時候，我聽到一點聲音，再度抬頭望向天井。我想小直應該都聽見了。但是第二天，接下來的那天，小直仍舊沒有來上學。小直不來學校成了理所當然，大家避著修哉也是理所當然。但是那時候的情況還算是最好的。

＊

六月第一個星期一，放學前小班會的時候全班都發了牛奶。厚生勞動省實施的「全國中學生乳製品推廣運動」、通稱「牛奶時間」有了成效，全縣的中學都獲得了每日牛奶配給。喝牛奶不只讓身高跟骨質密度增加，牛奶運動示範學校還都表示「情緒不穩定的學生比往年要少」，於是就提前開始配給了。

我跟副班長祐介把牛奶發給全班同學，但大家似乎都想起了不好的回憶，感覺教室裡氣氛沉重起來。牛奶時間雖然有良好的效果，討厭牛奶的學生的家長卻抱怨連連，所以也不是非喝不可。

你們有強迫我們的權利嗎？

到處都是把夢想寄託在小孩身上沒事找事的爸媽。雖然這麼想，但多虧他們，紙盒牛奶上也不用寫班級學號了。教室裡津津有味喝著牛奶的只有維特一人。

——喂喂，牛奶對身體好喔。

維特說著捏住紙盒一口氣喝光。不巧跟他對上視線的由美尷尬地小聲說：「社團活動結束以後再喝。」

——原來如此。不錯啊。身體疲勞的時候補充營養。

維特說著笑起來，看見大家把牛奶放到包包裡，也不再說什麼了。

當天放學後，負責打掃教室的修哉從櫃子裡拿出掃把的時候，突然響起「砰！」的一聲。祐介非常精準地把自己的紙盒牛奶扔到背對他的修哉腳邊。我在自己座位上寫班級日誌，一開始不知道發生了什麼事。教室裡男女同學加起來大概五個人，全都驚訝地望著祐介。

大家到底怎麼看修哉我不清楚，但我本來以為無論怎樣討厭他都不會有人有勇氣直接出手的。我雖然說是勇氣，但真是這樣嗎？可能是因為出手的是班上的領導人物，個性爽朗運動萬能的祐介我才有這種感覺。祐介朝仍舊背對他站著不動的修哉說：

——你這傢伙，根本沒在反省吧！

然而修哉只厭惡地望著褲腳上濺到的牛奶，瞥也沒瞥祐介一眼就拿著書包走出教室。其他人都只默默旁觀。

對修哉的制裁就從這裡開始。

＊

我覺得祐介喜歡悠子老師。

現在回想起來，就算說客套話，老師也稱不上熱血教師，但我覺得她卻會好好地一個個稱讚學生。定期表揚最高分的學生、社團活動表現優秀的學生、努力擔任學校活動幹事的學生……等等。她並不會誇張地稱讚，但在班會或開始上課之前都會跟大家介紹，讓我們一起拍手。

我也曾經好幾次在班會上讓大家給我拍手。班長其實都在替班上打雜，一聲不吭做了也沒人感謝你，老師卻若無其事地在全班面前稱讚我。雖然有點不好意思，但是也很高興……。

然而維特完全不這麼做。他喜歡唱*ONLY ONE*啦、*NUMBER ONE*啦之類的歌曲。甚至還在開學典禮新教務主任致詞的時候哼著副歌部分。

——我絕對不會只表揚得到第一的學生。我想成為依照每個人自己努力的程度來評斷，持公平態度的老師。

五月初舉行的全縣新人賽中，棒球社打敗私立學校的強隊，進入前四名。這好像是S中學初次的壯舉，地方報紙上還刊登了附照片的報導。其中最活躍的是四號王牌祐介。大賽之後祐介選上了全縣強化選手，還接受了個人專訪。祐介這麼活躍，全班都很高興（修哉怎麼想就不知道了）。新學期開始以來，二班第一次有了愉快的氣氛。在這興頭上潑冷水的卻是維特。

——祐介的表現的確很好。但是努力的只有祐介一個人嗎？棒球是團體運動。不管有多厲害的投手，一個人也沒法打棒球。所以我想讚美連祐介在內的所有隊員，以及沒有選上正規隊員的其他棒球社成員。

維特這些話為什麼不在稱讚祐介之後再說呢？要是悠子老師的話一定會先稱讚祐介，

然後稱讚棒球隊全體隊員，最後讓我們大家拍手祝賀。

不只是祐介，之前被悠子老師稱讚過的學生當時或許沒注意到，但一定都覺得若有所失，想要發洩失落的感覺。但是大家並不是在這種心情下才開始攻擊修哉的。

＊

我每星期五都跟維特一起去小直家。第一次去的時候小直的媽媽請我們到客廳坐，發了一堆牢騷，但我們去得多了她應對的時間就越來越短，地點也從客廳變成玄關，到後來玄關也沒讓進，連門鏈都不取下，只讓我們從門縫中把信封遞進去。

從門縫裡可以瞥見伯母仍舊打扮得體，但嘴角好像腫了。

小直的大姊已經出嫁，爸爸每天都很晚歸，家裡只有小直跟媽媽。而且小直還隱藏著無法跟媽媽說的嚴重焦慮。

我跟維特說，就算繼續家庭訪問小直也不會來上學不說，可能還會給他更多的壓力。維特一瞬間露出明顯不悅的表情，但立刻裝出笑臉。

——我想現在對彼此來說都是關鍵時刻，只要越過這個關卡，他一定會明白的。

他完全沒有要放棄家庭訪問的意思。他說的彼此是誰跟誰，關鍵時刻是怎樣的狀況呢？話說回來，維特見過從開學當天就沒來學校的小直嗎？事到如今我也不想問了。

星期一，維特在數學課的時候拿出一張色紙。

——大家在這上面留言鼓勵直樹吧！

我準備好面對沉重的氣氛。然而教室裡的氣氛跟我想像中不一樣，有點詭異。有的女生一邊寫一邊哧哧地笑，也有男生一面咧嘴而笑一面寫。我不知道他們在笑什麼。色紙傳到我這裡的時候已經寫滿了三分之二。其中有這樣的句子。

人並不是孤獨的。世道雖然險惡，還是幸福地活下去吧。

要有信心。NEVER GIVE UP!

……現在我寫下來才恍然大悟。我真是笨啊。這種詭異的氣氛讓大家樂在其中呢。

＊

那天悠子老師跟我們講了少年法。我是受到保護的一方，但在老師提起這個話題之前，我就對少年法抱有疑問。

比方說「H市母子慘案」的少年犯（現在已經不是少年了），殺害了女人跟嬰兒。電視上一天到晚都在播被害者的家屬哭訴兩人慘遭殺害是如何無辜，之前過著多麼幸福的日子等等。

我每次看見都想其實不需要審判。把犯人交給被害者的家屬，愛怎樣處置就怎樣處置。就像老師自己制裁小直跟修哉一樣，被害者的家屬應該有制裁犯人的權利。沒人制裁的時候再審判就好了。我是這麼想的。

令人不爽的不只是少年犯，過分庇護犯人，若無其事地提出任何人聽來都覺得牽強的理由來辯護的律師也讓人生氣。那種人或許也有自己崇高的理想，即便如此，在電視上看到那個律師，還是每次都覺得這人要是走在我前面我想推他一把，要是知道這人住哪我想去他家丟石頭。

原告被告兩方我可都不認識。從報紙跟電視新聞報導得知在遙遠的城市發生的案件而已。既然我都會這麼想，全日本有這種念頭的人應該很多吧？

但是現在我寫這封信的時候，想法有點改變了。

無論怎樣殘忍的罪犯，審判果然還是必要的吧。這並不是為了犯人，我認為審判是為了阻止世人誤會和失控的必要方式。

大部分的人多少都希望受到別人的讚賞。但是做好事做大事太困難了。那最簡單的方法是什麼呢？譴責做壞事的人就好了。話雖如此，率先糾舉的人，站在糾舉最前線的人還是需要相當勇氣的。但是跟著打落水狗就簡單了。不需要自己的理念，只要附和就好。這麼做除了當好人，還能發洩日常的壓力，豈不是一舉數得的樂事麼？而且一旦嚐過甜頭，一次制裁結束後為了獲得新的快感就會找尋下一個制裁對象吧。一開始的目的是要糾舉壞人，漸漸就變成強行創造出制裁對象了。

這樣一來就跟中世紀歐洲的女巫審判沒有兩樣。愚蠢的凡人忘記了最重要的事情。那就是自己並沒有制裁他人的權力……。

＊

祐介丟紙盒的第二天開始，修哉的書桌裡就塞滿了紙盒牛奶。嚴重的時候會到讓人覺得之前這些牛奶都藏哪去了的地步。不僅有一星期以前的，塞得太多破掉的也有。鞋箱跟置物櫃也全遭殃。修哉每天早上來學校就默默整理，已經成了例行公事。筆記本、運動服等不見是常事；我還看見他的課本每一頁都被寫上：「殺人兇手」。

大家都無視修哉，得意忘形整人的只是部分同學而已。

但是有一天全班的手機都收到了一封簡訊郵件。

修哉該受天罰！蒐集制裁點數！

發信郵址跟老師告白之後送來的簡訊一樣。所謂制裁點數，是要大家跟這個郵址報告自己對修哉做了什麼，由這個郵址評分給點數，每個星期六結算，全班點數最少的人從下一個星期開始就被視為殺人犯的同黨，接受同樣的制裁。

雖然我一點也不同情修哉，但這種做法真是蠢到家了，我完全不予理會。我以為不會有人把這種簡訊當真。但是幾天後放學時，我偶然看見美術社乖巧文靜的由香里跟早紀把紙盒牛奶放進修哉的鞋箱之後發簡訊，簡直驚呆了。

連她們都參加的話，沒有點數的搞不好只有我。

接下來的星期一，我緊張地去上學。但是當天一切如常。我想除了我之外應該還有人也沒有點數吧。

不是大家都變了，我鬆了一口氣。

＊

六月的第四個星期，期末考即將到來，數學課卻突然改開班會。

——昨天交來的作業裡夾了一張紙條。

維特隨便講了一段上課的開場白後，拿出一張B5大小的紙在大家面前揮舞。前排的座位上傳出嘆息一般的聲音。紙上用文字處理機打了幾個字，從我的座位上看不清楚。

——班上有同學被欺負。

維特大聲地念出紙上的字。有人想改變班上的氣氛。我很佩服這位同學的勇氣。但是當事人應該沒想到會突然在全班面前公布吧。意料之外的進展可能讓人家捏了一把冷汗。

維特掃視全班說：

——我不會說這是夾在誰的作業裡，但我想跟大家談談這個問題。我最近也發現班上的樣子很奇怪。一直都認真學習的修哉，這個月就有三次說作業不見了，換了三次新本子。不只是作業本，上衣跟體育服也都換了新的。我正想是該問問修哉的時候了。在我問之前班上就有有勇氣的學生發了求救信號給我。這讓我非常高興。但是……這不是欺負。針對修哉的惡作劇不是欺負，是忌妒。證據就是並沒有直接使用暴力，而只是破壞修哉的所有物。修哉在全學年的成績也是屬一屬二的。我還聽說他參加什麼全國大賽得過獎。所以這裡有人羨慕修哉，忌妒他而要整他也不奇怪。我並不想在這裡問是誰。這是全班的問題。所以我希望惡作劇的人跟沒有惡作劇的人都聽我說。修哉的確很會念書。但因為這樣而覺得自己比修哉差的話就錯了。會念書是修哉的個性，同樣地大家也都有自己的個性。所以不需要忌妒，我希望你們重新審視自己的個性，然後加以鍛鍊。或許其中也有不了解自己個性的人，這樣的話可以來問我，不用客氣。雖然我認識大家才幾個月，但我每天都有好好地觀察各位……

這時突然響起手機的鈴聲。孝弘說：「糟糕，」慌忙伸手到桌子抽屜裡關掉手機電源。學校並不禁止帶手機，但是上課的時候一定要關掉。維特拿走孝弘的手機，對全班說：

——我現在正為了大家在討論非常重要的話題。然而只要有一個人不守規矩，話就被打斷了不是嗎？連關掉手機電源這種理所當然的規矩都不能遵守，簡直比小學生還不如……

維特說教個沒完。對他而言自己的話被打斷似乎比班上有人被欺負來得嚴重。不該跟維特求救的，紙條的主人可能正在後悔怨嘆呢。

但是噩夢由此而生。女巫審判開始了。

＊

當天放學後，沒參加社團活動的我打掃完畢正準備回家，在鞋箱前被真樹叫住。新學期開始，真樹還是跟以前一樣，每天都替綾香跑腿，看她的臉色討好她。

——綾香好像有事要找妳。回教室好嗎？

不出所料是替綾香傳話。我雖然知道不會有什麼好事，但要是拒絕了之後可能會很煩，沒辦法還是回去了。

我從教室後面的門進去的時候，真樹突然從背後推我。我往前跪倒在地上，驚訝地抬起頭，看見綾香站在我面前。回過神來有五六個男女同學把我圍住。

——跟維特打小報告的是妳吧，美蛋。

綾香這麼說。這誤會可大了。在回教室途中我多少猜到大概是這件事。

——不對，不是我。

我望著綾香說。但是綾香根本不聽。

——騙人，我們班會做這種事的想來想去也只有妳了……班上有同學被欺負，什麼啊？太聳動了吧。我們只是在制裁殺人犯而已。喂，美蛋，妳不覺得悠子老師很可憐嗎？

還是妳是殺人犯的同黨？

跟她吵嘴太可笑了，我只默默地搖頭。

——知道了。那證明給我們看吧。

綾香遞給我一盒牛奶。

——妳扔這個我就相信妳是清白的。

我接過紙盒，瞥向綾香旁邊看見了修哉。他手腳被膠帶纏住倒在地上。大家一面笑一面看我。

要是現在不朝修哉扔牛奶，明天我也會跟他一起受罪。他們可能是要藉我發洩不能直接對修哉出手的鬱憤。

我迎上修哉的視線。他並沒求援，也沒挑釁，雖然不知道他在想什麼，但眼神非常平靜。我一面望著他一面對自己說，他什麼也沒在想。他沒有人的感情。他是可怕的殺人兇手。悠子老師說直接下手的雖然是小直，但要不是他就不會發生這種事了！

殺人兇手！殺人兇手！殺人兇手！……猶豫消失了。

我站起來朝修哉走近兩三步，閉上眼睛舉起手，把牛奶盒朝他胸部附近扔過去。聽見砰地一聲響起，在那瞬間我感到體內竄過一股奇妙的恍惚感。

這個殺人兇手，還想給他好看！

再來、再來，這是制裁！

大家的笑聲阻止了我體內竄流的信號。很奇特的嘎嘎笑。我慢慢睜開眼睛，倒抽了一口氣。牛奶從修哉的臉上流下來，他右邊的臉頰有點紅腫。我扔出去的牛奶打中的不是修哉胸口，而是他的臉。

——幹得好！美蛋。

綾香的聲音讓大家嘎嘎笑得更厲害了。到底有什麼好笑的啊……修哉以我出手前同樣的眼神望著我。但是我覺得現在的視線似乎有話要說。

妳有制裁我的權利嗎？

在我眼中修哉像是被愚民褻瀆的聖人。

——對不起……。

我不由得脫口而出的話沒逃過綾香的耳朵。

——等一下，這傢伙剛剛跟殺人兇手道歉了耶。告密的果然是美蛋！處罰背叛者！

綾香好像聖女貞德一樣大聲說。她本人應該是不知道這號歷史人物的……。

我根本沒機會逃，就被人從背後勒住手臂，雖然知道是班上的男生，但不知道是誰。

好痛、好可怕、救命啊……我腦子裡只有這些念頭。

——從今天開始妳就是這傢伙的同黨了。

綾香這麼說。我兩臂被反勒住，背後的人強迫我彎著膝蓋倒在地板上。修哉的臉距離我只有幾公分。

親嘴！親嘴！親嘴！

不知道是誰開始一邊叫一邊拍手。不要、不要、不要！我分明要大喊，但是卻嚇得發不出聲音。背後勒住我的人用單手把我的頭壓向修哉。……我聽見鈍鈍的電子音。

——綾香，快看！清楚大特寫！

隨著真樹的聲音我被放開了。我抬起頭看見大家圍著真樹看她用手機照的照片。他們又嘎嘎地笑起來。

——美蛋，這是初吻吧？

綾香取過真樹的手機，把畫面湊到我眼前。我跟修哉嘴對嘴的照片。

——這要怎麼辦就看妳了喲，美蛋。

悠子老師，小直跟修哉是殺人犯的話，那這些人又是什麼呢？

＊

在那之後我是怎麼回家的已經記不清了。脫掉染上牛奶味道的制服洗完澡，晚飯也不吃就躲在自己房間裡。手臂上還殘留著被人反絞的感覺，嘎嘎的笑聲在耳邊縈繞不去。我無法停止顫抖。天永遠不要亮就好了。就這樣有核彈飛過來消滅一切就好了。

閉上眼睛好像又會重演那可怕的一幕，我也無法入睡。

半夜十二點左右，手機的簡訊鈴聲響了。搞不好是傳那張照片來。我膽戰心驚地打開手機，上面是眼生的聯絡人：修哉。內容是要我到附近的便利商店前跟他碰面。我雖然有點遲疑還是去了。

修哉把腳踏車停在便利商店停車場的旁邊，站在那裡等我。我不知道該用什麼表情面對他，也不知道該說什麼，只默默地走到他面前。修哉也一言不發地從牛仔褲口袋裡拿出一張摺疊成小方塊的紙遞到我面前。

雖然有路燈但一下子看不清楚寫著什麼。我定睛望去，上面有許多數字。看到最後一項我才發覺這是修哉的驗血結果。仔細一看最上端印著修哉的名字跟檢查項目，日期是一週前。

——回家的時候收到的。因為發生了那種事所以給妳看。

修哉把紙原樣折好，放回口袋。我不由得流下了眼淚。然而我不想讓修哉以為這是安心的眼淚。

——我早就知道了。

修哉聽我這麼說，驚訝地望著我。不是殺人犯少年A的面孔，而是許久不見有某種感情的表情。

——修哉，我有話要跟你說。

修哉從自動販賣機買了兩罐果汁汽水放進腳踏車的籃子裡，叫我坐上後座。要說那件事的話，深夜的便利商店太過熱鬧了。

*

三更半夜騎著腳踏車的兩人，在別人眼中看來是什麼樣子呢？我們幾乎沒有碰到別的行人跟車輛。本來也不是那種關係，但我心頭還是有點小鹿亂撞。

我以為修哉很瘦，但他的背比我想像中要寬。修哉好像是來拯救在黑暗中期望世界就此毀滅的我一樣。

要是為了救我而大半夜特地跑來的話，我也非得告訴他那件事不可了……

騎了大約十五分鐘，修哉把腳踏車停在離住宅區有段距離的一棟河邊平房前面。修哉家應該不是這裡，感覺起來也沒人住，但修哉從口袋中掏出鑰匙打開了大門。他告訴不安的我說這裡是已經去世的阿嬤家，現在當他家店裡的倉庫使用。

從玄關進去修哉開了燈，走廊上堆著許多大紙箱。屋裡堆滿了東西通風不良，熱得跟三溫暖一樣。我們決定坐在門口。我把玩著修哉買的罐裝葡萄柚果汁汽水，告訴修哉那天我做了什麼。那是連悠子老師也不知道的事。

*

悠子老師的一番話有一點我怎樣都無法相信的地方。最後那裡。聽的時候真的背脊發涼，覺得老師好可怕。老師離開後小直走出教室，大家也逃命一樣作鳥獸散，最後只剩下我一人。我正打算走的時候看見黑板旁邊的桌上還放著擺空牛奶盒的架子。

值日生是誰？我想不管是誰都不願意碰這玩意才對。我的視線自然而然地落在小直跟修哉的牛奶盒上。

老師的那番話裡一再提到道德觀。這樣的話，反覆強調「道德」的老師自己的道德觀如何呢？我雖然在某種程度上可以想像老師的痛苦跟悲傷，但不可能完全理解。我雖然有喜歡的人，但那人還活著不說，就算假裝他死了也想像不出來是什麼感覺。但是我覺得老師無論怎麼憎恨小直跟修哉，心裡還是有「道德觀」存在的吧。

我把兩人的牛奶紙盒放在掃除工具櫃裡的塑膠袋中帶回家。當然要是只有這兩人的紙盒不見的話，之後搞不好會有什麼問題，所以我把大家的牛奶紙盒都裝在可燃廢棄物的垃圾袋裡，沒有回收而拿到體育館後面的垃圾場去丟了。路上碰到好幾個老師，都說辛苦我了，沒有人想到要查垃圾袋裡的東西。班長的頭銜在這種時候還挺有用的。回家以後我立刻打開兩人的牛奶紙盒，滴入檢查血液反應的溶劑。我手邊剛好有而已。

結果不出所料。

*

——謝謝妳沒跟大家說。

我講完之後修哉跟我道謝。

我吃了一驚。我並不是為了修哉才保持沉默的，只是沒有可以傾訴這種大事的朋友，所以沒跟任何人說而已。的確這件事要是讓班上同學知道的話，對修哉的惡作劇大概就會升級到暴力的程度。

——悠子老師的話妳不相信的只有那部分？

我點頭。

——這樣的話跟我在這種地方獨處不害怕嗎？

我再度點頭。

——我是少年A喔？

我直視修哉。你是少年A的話，班上那些人是什麼呢？比那更可怕的是丟紙盒牛奶的自己。修哉的臉頰還有點腫。我喃喃地說：「對不起，」一面好像要確認自己做的事般用指尖輕觸修哉的面頰。指尖傳來修哉的體溫，比想像中要熱讓我有些疑惑。

我想不是因為我一直握著冰的罐裝果汁，也不是因為修哉的臉有點腫，也許是我心底一直認為修哉是冷血的殺人兇手也未可知。但修哉只是個普通的男生。

——為什麼把驗血的結果告訴我？

我從剛才就抱著這個疑問。

——因為我覺得妳跟我很像。

原來不是要來拯救我啊。讓人有點失望。我正要打開罐頭。

——等一下。妳能全喝完嗎？

聽見修哉這麼說，我望向手上三百五十CC的罐子。

雖然裡面有氣泡，但也不是喝不完的量。我知道修哉的意思，而且也不覺得不愉快。

——可能喝不完。

我這麼說著放下罐子。修哉把自己已經打開喝的那罐遞給我。我接過喝了三口還給他。修哉也喝了然後又遞給我。我們輪流喝著葡萄柚汽水，喝完之後接吻了。我雖然有喜歡的人，但那不一樣。修哉是我在這世上唯一的夥伴。

——明天一定要去學校。

修哉騎腳踏車送我回便利商店門口，道別的時候這麼說。雖然我想到要去上學就討厭，但如果請假的話可能就一輩子家裡蹲了。只要修哉在，被欺負我多少也能忍耐。我跟修哉保證。

——一定去。

*

第二天早上一走進教室，就有幾個男生猛吹口哨。還有輪流望著黑板跟我哧哧而笑的女生。黑板上畫著大大的相親相愛傘，底下寫著我跟修哉的名字。我學修哉的老樣子，不跟任何人視線相交，走向自己的座位。我桌上也有同樣的圖案，而且還是油性麥克筆畫的。

——美蛋，早安！

在自己座位上被同學團團圍住的綾香揮舞著手機叫道，我不予理會逕自坐下，拿出事先準備好的小說。

就在這時修哉進來了。大家發出跟看到我進教室的時候一樣的歡聲，修哉也看見了黑板上的圖。他照舊面無表情，把書包放在慘遭塗鴉的桌上，朝吹著口哨的孝弘走過去。

——哎喲，少年Ａ，有話要說嗎？

孝弘取笑道。修哉一言不發，瞥了孝弘一眼，咬破自己的小指，然後用指頭劃過孝弘的右頰。這是以制裁對付制裁的開始。孝弘的臉上留下一道紅色的痕跡。那是修哉的血。附近的同學發出哀叫，然後教室內陷入冰一般的沉默。

——從背後勒住美月的是你吧？你這麼想要討好那個蠢女人啊？

修哉在孝弘耳邊低聲說，然後走到綾香座位前伸出小指。指尖的血一直流到手腕上。綾香用雙手掩住臉，但修哉用染血的手拿起桌上綾香的手機，對著尖叫的綾香說：

——用這種低級手段，還自以為高高在上呢！連自己被利用了都不知道的蠢女人。

最後修哉走向窗邊最後面的座位，站在一副事不關己模樣的祐介面前。

——你受了蠢女人的教唆來找我麻煩，當人家都看不出來嗎？

說完修哉把自己的嘴唇壓在祐介唇上。連我在內教室裡每個人都屏住了呼吸。

——跟男人親嘴感想如何？

祐介表情僵硬到從側面都看得出來。修哉怡然自得地笑著對祐介說：

——制裁？別自以為是正義的英雄了。你根本就知道那孩子去游泳池邊了吧？要是你早早跟老師報告，那孩子就不會死也說不定。你的罪惡感是不是搞錯方向了？欺負我讓你稍微好過一點？知道嗎？像你這種人叫做偽善者。你再這麼得意忘形，下次就把舌頭伸進你嘴裡。

於是沒人再對修哉惡作劇了。

＊

七月。期末考開始了，我跟修哉還是幾乎每天都在那棟平房碰面。從來不曾反抗過爸媽的我只要說去朋友家念書，就算晚歸也不會被罵。修哉的話小學五年級的時候父親再婚，家裡有個小弟弟，所以他好像都在那裡念書，他說一個星期不回家也沒關係。

修哉把最裡面的房間稱為研究室。他在那裡也不準備考試，埋頭製作某種像是手錶的東西。問他是什麼也不肯說。但是我很喜歡在旁看著努力做事的修哉。七月中完成之後他才告訴我是測謊器。皮帶的部分裝了脈搏探測裝置，脈搏亂了錶面就會發光還會作響的樣子。

——試試看吧。

修哉這麼說。要是觸電怎麼辦啊？我忐忑不安地把皮帶繫在手腕上。

——妳在想要是觸電了該怎麼辦，對不對？

——咦，沒有啦。

嗶嗶嗶嗶……錶面發光了，響起像是便宜鬧鐘的鈴聲。

——好厲害！好厲害！修哉你太強了！

我佩服地直說好厲害，修哉略為羞赧地笑起來，握住我的手把我拉近。

——這樣就夠了……我只是一直希望有人這樣稱讚我而已……

是指那件事，我心想。這是修哉第一次觸及那件事的話題。我把另一隻手覆在握住我手腕的修哉手上。

——小孩在從對方那裡得到想要的反應之前，都會慢慢越說越誇張。我跟那種情況是一樣的。空地上發現貓的屍體耶。哎……。其實是我殺的。咦，不會吧。沒騙你。我有時候會殺掉小貓小狗喔。哎，真的啊。但是不是普通隨便殺的。那是怎樣殺的？用我自己做的「處刑機器」殺掉的。好厲害喔！……老師，裡面有好東西打開來看看。喂，美月，我到底犯了什麼罪？究竟還是殺人罪吧。那我以後該怎麼辦才好呢……？

修哉哭了起來。我一言不發抱住修哉。不知怎地手腕上的鬧鈴聲又響了。

那天我快天亮才回家。

＊

針對修哉的惡作劇停止了，最高興的是維特。修哉在教室常常露出笑臉，期末考也是全學年第一名。第二學期舉行的學生會幹部選舉，二班本來理所當然會推祐介參選，然而最近也有推薦修哉的聲音。維特對教室裡壓抑的沉靜氣氛毫無所覺，自顧自在那裡得意。有一次我看見英文老師在走廊上稱讚修哉，維特在旁邊對著修哉眨眼。

不是對我眨眼，我卻覺得想吐。

但是維特還面對一個大問題。那就是小直的事。這樣一直不來上學的話，第二學期開始要怎麼辦呢？以後的出路變更之類的，就快到不得不解決的時候了。

悠子老師對於做不到的事坦承「做不到」，會有怎樣的遲疑呢？還沒做就說「做不到」的人不算，我覺得說出來需要很大的勇氣。維特應該拋開自尊，坦承自己沒辦法讓小直來上學。

要不然也該跟別的老師討論。比方說是否該建議他轉學？

因為小直不來上學的原因就在這個班上。

＊

第一學期結業式的前一天，放學後我跟維特一如往常前往小直家。到的時候大約六點，太陽還很大，站在大門口滿身是汗。

這天我給小直寫了一封信。測試牛奶紙盒的結果只告訴修哉感覺有點不公平。當然我只簡單寫了結果，完全沒說：「來學校吧！」之類的話。來不來上學暫且不論，我想這封信應該能讓小直心裡放下一塊大石頭吧。

大門打開一條縫，維特先把裝著影印筆記的紙袋跟捲成禮物一樣的色紙遞給小直的媽媽。我吃了一驚，原來色紙還沒給啊。不，要是一直忘記給就好了。

家裡可能開著冷氣，小直的媽媽在這大熱天也穿著厚厚的長袖衣服。看不清楚臉。她要關門的時候我急急想把信遞進去。但這時候維特突然用腳堵住門，朝室內大喊。

——直樹，你在的話聽我說。其實這一學期痛苦的不只是你。修哉也非常難受。他被班上同學欺負了。非常惡劣的欺負手段。我對大家說這樣做是不對的，我非常用心地勸說。……大家明白了我的苦心。直樹，跟我說你的苦惱好不好嘛。我會全心全意接受的。我一定會替你解決。希望你相信我。明天結業式一定要到學校來喔。我等你。

我感到一股說不出來的憤怒。之前不是閃爍其詞說不是欺負是忌妒嗎？怎麼事情解決之後就變成欺負了？從外面看上去，二樓直樹房間的窗簾好像微微動了一下。

維特大概是太興奮了，兩眼發光不知在看哪裡。他對愕然的伯母深深一鞠躬後關上門。維特對聽見大小聲探頭出來的附近鄰居也微笑鞠躬，然後轉向我。

——美蛋，謝謝妳一直陪我來。

話雖然是對著我說，但不知怎地好像是說給旁觀者聽一樣，聲音特別大。獨角戲。從一開始就是他的獨角戲。

而我只是從第一幕就開始看的觀眾而已。之所以帶我一起來是要我做維特熱心家庭訪問的證人。我把沒能交給小直的信在裙子口袋裡捏成一團。

當天晚上，小直把伯母殺了。

＊

學期結業式縮短了，下午召開臨時教師家長會。

——昨天晚上發生了一起跟本校學生有關的案子。目前詳細的狀況還在調查中，大家不必擔心。

小直的事情校長只這麼對學生說明。但是大多數的學生都知道是怎麼回事。教室裡大家對小直議論紛紛，好像想知道詳情。分明發生了嚴重的事情，氣氛卻浮躁得很詭異。結業式結束之後的班會上維特完全沒提案子或者是小直。雖然他一副有話想說的臉，但大概是校方要他不要多說吧。班會結束後大家被強制離校，只有我被告知要留下來。我在小直犯案之前幾小時才去過他們家，所以也是沒辦法的事。

修哉給了獨自留在教室裡的我一個「護身符」。等了一會兒，維特來了。

──美蛋不用擔心。不管問妳什麼照實說就可以了。

維特把雙手搭在我肩膀上，用堅決的語氣這麼說。我沒有推開他的手，只直直望入維特眼中。

──老師，我可以先問你一個問題嗎？但在我問問題之前請把這個繫在手腕上。沒什麼，是最近流行的占卜玩具一樣的東西。

確定維特把我拿出的「護身符」好好繫在手腕上之後，我問他：

──老師每個星期去家庭訪問，是因為擔心小直嗎？還是老師的自我滿足？

──妳在胡說什麼。美蛋不是每星期都跟我一起去，難道不明白嗎？我都是為了直樹著想，擔心直樹才去家庭訪問的啊。

嗶嗶嗶嗶嗶嗶……響起的電子音像是苦笑。維特訝異地望著發光的錶面問：

——這是什麼啊？

——請不要介意……。這是最後審判終了的信號而已。

*

我被維特帶到校長室。校長、擔任學年主任的老師，還有兩個警察都在裡面。我跟維特並排坐下，沒有人告訴我案子的詳情，只要我說跟小直有關的事情，無論什麼都好。我就實話實說了。

——我每個星期五都跟良輝老師一起到小直家去送影印筆記。接待我們的一直都是小直的媽媽，小直從來沒有露過面。伯母一開始好像歡迎我們，但漸漸就露出為難的樣子。伯母在大熱天也穿著長袖的衣服，雖然有化妝遮掩，但臉上曾經有過淤血。我懷疑小直是不是對媽媽暴力相向。因為我們老是去，伯母一定跟小直說要他來上學吧。

就算伯母什麼也不說，我覺得家庭訪問本身就增加了小直的壓力。小直不是動不動就會出手打人的男生，但他慢慢被逼得喘不過氣來，沒有別的地方可以發洩吧。所以無論小直做什麼都會原諒他的伯母就成了代罪羔羊了。小直的個性有點軟弱。但只要是跟小直有接觸的老師應該都會知道。不知道的一定只有全部打算自己解決的良輝老師而已。我們越去他家，小直就越苦悶，只好反覆拿伯母出氣。我跟良輝老師建議說暫時不要去家庭訪問了，但是他沒聽我的意見。不僅這樣，案子發生的當天他還用左鄰右舍都聽得見的聲音勸說小直。這樣小直根本就給人看了笑話。小直不想到學校來，至少可以安心待在家裡。但是良輝老師連小直唯一安心的場所都要剝奪。

把小直逼得走投無路的是良輝老師。老師根本不關心學生，只從學生身上看見自己的形象然後自我陶醉。要是老師不這麼想表現愚蠢的自我，這種悲劇應該不會發生的。

*

悠子老師，這就是本學期短短四個月內發生的事。

現在我寫這封信的時候已經是暑假了。下學期開學的時候會看到維特麼？要是他不動如山繼續要當老師的話，我也有辦法。

我從去年夏天就開始蒐集各種各樣的藥品。那是打算哪天厭世了自我了斷用的。但是用別人來試驗看看藥品的效果如何或許也不錯。我最想要的氰化鉀目前還沒到手，但趁現在學校忙著應付家長或許正是機會。要是我跟理科的忠夫老師借化學實驗室的鑰匙，他一定會毫不起疑地借我。

要讓維特吃下毒藥很簡單。二班喝牛奶的只有他一個人。就算被別人喝到了我也無所謂。老師可能想知道我為什麼這麼恨維特。

我從小學低年級的時候開始就喜歡小直。這大概就是初戀吧。

班上大家都叫我美蛋，只有小直總是叫我美月。連九九乘法表都不會背的蠢女生為了自我安慰，給班上最會念書的我取了美蛋這種綽號。

美月大笨蛋，簡稱美蛋。

小直可能因為我們從小就在一起玩，習慣了叫我美月也說不定。但是喜歡他的理由只要這樣就夠了。我覺得世界上只有小直是站在我這邊的。

小直的二姊告訴我，她問小直：「為什麼殺了媽媽？」他只回答了一句話。

——因為我想被警察抓起來。

悠子老師，最後可以問妳一件事嗎？

老師現在對自己直接制裁兩個少年的決定有什麼想法呢？

---

1 這是日文諧音的轉換遊戲，良輝（yoshiteru）維特的日文為ウェルテル（weruteru），「良」意為「好」（well）。

第三章　慈愛者

＊

大學第二年的暑假，原本是預定盂蘭節回家的，但在那之前稍早七月二十日清晨，父親突然打電話給我。

他告訴我兩件事。第一是母親遭人殺害。第二是殺害母親的兇手是弟弟。

母親遭人殺害的話，我是被害者的親屬，把憎恨的心情對著犯人發洩就好。弟弟是殺人犯的話，那我是加害者的親屬，就算被輿論責難，也不得不好好思索跟被害者謝罪以及讓弟弟改過自新重新做人的事。

但同時兼具這兩種身分的話該怎麼辦才好呢？

就算這是我們家的私事，但無論是輿論還是媒體都絕不會置之不理。一夜之間集中在我家的目光既非同情也非憎惡……而是好奇。

近年來「弒親」已經不是什麼稀奇的案件了。看見電視新聞報導的感想也不過就是「啊，又來了」而已。雖然如此，「弒親」的案件之所以比較容易引人注意，我想是因為大家都對窺探別人家扭曲的隱私有興趣的緣故。

扭曲的愛情、扭曲的管教、扭曲的教育，以及扭曲的信賴關係。案子發生的時候心想：「怎麼會是這家人呢？」然而揭開表象一定能找到扭曲的地方，結論是案子因為必然會發生所以發生了。

或許有人一面看新聞一面不安地心想：「我家沒問題吧？」然而對我來說那一直都是別人家的事。我們下村家一言以蔽之就是「平凡」。但是「弒親」卻在我家發生了。那我家的扭曲到底是什麼呢？

上次回家是今年新年的時候。

一月一日我跟爸媽和弟弟四人一起到附近的神社參拜，回家後邊吃母親做的年菜邊閒閒地看電視。我在廚房幫母親的忙，聊著網球社的朋友；跟弟弟一起看電視，告訴他校慶的時候有搞笑藝人來表演。

住在鄰鎮新婚的大姊夫婦初二來拜年，大家一起去購物中心買福袋。弟弟第二學期的成績大幅提升，爸媽給他買了他一直想要的筆記型電腦。我跟以前一樣抱怨：「只有小直最幸福了啦。」於是爸媽買了一個小手提包給我。

平凡家庭每年相同的平凡新年。我一一回想每句話、每個動作，想找尋是否有什麼徵兆，但完全想不出來。

這半年間我家到底發生了什麼扭曲呢？

母親的遺體腹部有一道刺傷，後腦有一處撞傷。兇手好像是拿菜刀刺了之後把她推下樓梯。我難以相信這是弟弟幹的。

為什麼會發生這種事呢？要是搞不清楚的話我無法接受母親的死。要是搞不清楚的話我無法接受弟弟犯下的罪行。要是搞不清楚的話，留下來的父親、姊姊，跟我自己，無法重新開始生活。

案發兩天之後我才得知我家的扭曲是什麼。而且還是警察告訴我的。弟弟升上國中二年級以後就沒去上過學。但是最近不去上學家裡蹲也並不稀奇。

我家的扭曲除了母親之外沒有人知道。遠離老家的我、出嫁住在鄰鎮的大姊就不說了，連住在同一棟房子裡的父親都不知道。就算通勤時間要將近兩小時，常常得加班；但有兒子四個月不去上學都沒察覺的父親麼？

父親回答警察詢問時說，弟弟不去上學的原因可能是一年級第三學期學校發生的意外。分明家裡天翻地覆了，本來就沉默寡言的父親卻好像是講別人家的事一樣，問什麼答什麼。簡而言之事情是這樣的：

今年二月，弟弟班導師的女兒掉進學校的游泳池淹死了。弟弟偶然在現場，卻沒法救那孩子。導師認為女兒的死，弟弟也有責任。導師雖然辭職了，弟弟仍舊很介意所以不去上學了。

發生了這種事，個性軟弱的弟弟承受不住吧。他在家每天是怎麼過的呢？母親是怎樣對待弟弟的呢？……母親既然已經去世，知道真相的就只有弟弟了。但是我還沒能跟弟弟直接會面。

我突然想起剛開始自己一個人住的時候，母親買了日記本送我。

「有什麼傷心難過的事隨時都可以來找媽媽，但要是沒這心情的話，就把日記當成最信賴的人傾吐吧。人腦雖然可以努力什麼都試圖記住，但寫下來就可以安心忘記了。腦子裡只要記得愉快的事，傷心事寫了忘掉就好。」

這是母親中學的恩師在她因為生病和意外接連失去雙親之後，送她日記本時告訴她的。

我找出了母親的日記。

三月十×日

直樹的導師森口悠子昨天到家裡來了。

我本來就討厭森口。我寫信給校長抱怨過，怎麼能讓單親媽媽擔任青春期多愁善感的兒子的班導師呢！但反正是公立學校，不可能聽區區一個家長的意見。不出所料今年一月直樹被不良高中生盯上，被警察救下來的時候，她以家庭為優先，沒去接直樹。要是校長早早就換班導師的話，直樹就不會捲入那種事件了。

森口的女兒在學校游泳池淹死我是在報上看到的。痛失自己的小孩很令人同情，但把小孩帶去工作場所不是很奇怪麼？要是不是學校而是一般公司行號，能帶小孩去上班嘛？她對自己公務員身分的驕縱才是造成意外的原因吧。

但是森口卻突然到家裡來，當著我的面問直樹誘導般的問題。一開始問的是中學生活的情況。直樹跟網球社顧問老師的指導方針不合，不得不退出社團。之後開始上補習班、在電玩中心被不良高中生圍住，分明我們是被害者還受學校處分，諸如此類的事。

一路聽下來，原本是充滿期待的中學生活，發生的卻盡是些可憐的事。全都不是直樹的錯，但倒楣的都是他。這個女人到底是來幹甚麼的啊？我不由得滿肚子火。然而森口卻死纏爛打地追問直樹自己女兒的意外事故。

「那跟直樹沒關係吧！」

我忍不住大聲說。但是直樹的話讓我啞口無言。

「不是我的錯。」

直樹囁嚅道。

直樹在第三學期開始後跟一個叫做渡邊修哉的同班同學交好。我從報紙上看到渡邊製作的防盜錢包得獎的新聞，直樹能交到優秀的好朋友讓我很高興。沒想到這個渡邊卻是非常糟糕的少年。

那個叫做防盜錢包的可怕玩意有通電，渡邊想用它來做試驗，要直樹選實驗對象。善良的直樹沒有提出同學的名字，一定是認為老師可以阻止他吧，所以就提了幾個老師。但是全被否決了。直樹不得已說了森口女兒的名字。我想他認為渡邊不會對小孩出手的。

但是渡邊簡直是惡魔。他把直樹的建議當真，立刻著手開始準備。然後強行拉著不情願的直樹，到游泳池邊埋伏等森口的女兒。

我光是想像那一幕就覺得頭暈目眩。

森口的女兒在餵狗，最先開口跟她說話的是直樹。善良的直樹被渡邊利用了。森口的女兒放下戒心後，渡邊就把兔子造型的小袋子掛在她脖子上，催促她打開來看看。

我也偶然在購物中心看見森口的女兒想要那個小袋子。森口或許是要給女兒機會教育吧，但就算是單親媽媽，薪水拿的也沒比別人少，與其在大庭廣眾之下出那種醜，早早買給她的話也不至於被渡邊利用了。

森口的女兒在手摸到拉鍊的瞬間就倒在地上。直樹親眼見到小孩子當場死亡的景象。說多嚇人就有多嚇人啊。但更可怕的是渡邊一開始就打算殺了那小孩。

達成目的的渡邊要直樹去告訴別人，然後扔下他自己一個人回去了。善良的直樹還想掩護朋友。他想讓別人以為森口女兒的死是意外，就把屍體扔進了游泳池。

「當時因為非常驚慌，所以不怎麼記得了。」

最後直樹這麼說。那是當然。莫名其妙被捲入殺人案了啊。

森口聽了之後一本正經地嘮叨了些有的沒的，最後說了這樣的話。

「警方既然已經斷定為意外，事到如今我也不打算翻案。」

一副施恩於人的德行。分明都是渡邊的錯不是嗎？渡邊計畫來利用直樹而已。直樹根本就是被害者。森口要是不去報警的話，那我去告發渡邊好了。

但是直樹把屍體扔進了游泳池。這是不是犯了遺棄屍體罪呢？還是叫做掩飾殺人罪？我絕對不想讓未來不可限量的直樹被社會當成殺人共犯。不得已我只好裝出感謝森口的樣子。她一臉滿足地走了，我恨死她了。

我本來打算瞞著丈夫的。但是森口走了之後，我想到是不是該給她一點賠償金比較好。避免她以後來找麻煩，非得先行解決不可。

這樣一來果然就沒辦法瞞著丈夫用錢。他下班回家之後我把事情告訴他，讓他打電話到森口家。但是她拒絕了賠償金。這女人到底是來我家幹什麼的呢？

丈夫說：「還是告訴警方比較好。」絕對不行。要是直樹被當成共犯問罪怎麼辦呢？我這樣反問，他說為了直樹好還是該報警。男人就是這樣讓人頭痛。我後悔告訴了丈夫。

直樹非得由我來保護不可。

說起來我根本無法相信直樹的告白。

搞不好直樹其實只是偶然在場，遭到可怕的渡邊威脅，被迫同意幫他的忙。不，說來這件案子根本就是森口編造出來的不是麼？要是像報紙上寫的，小孩不小心失足跌入游泳池溺斃的話，是森口身為家長保護不周的錯。她不願意承認，所以威脅運氣不好在現場的渡邊跟直樹，強迫他們承認自己沒犯的罪吧？我無法不這麼想。

要是直樹真的捲入殺人案，我不可能不知道。在森口來逼問之前，直樹不會一直瞞著我的。

沒錯，一定是這樣。這全都是可悲的森口編造出來的。這樣的話，那個叫渡邊的孩子也是受害者。

一切都是森口的錯。

三月二十×日

今天是直樹學校的結業典禮。

自從森口來家庭訪問之後，直樹一直都顯得很消沉，但還是每天都去上學，讓我鬆了一口氣。

今天他回家後就關在自己房間裡，晚飯也沒吃就睡覺了。大概是一直緊繃的緊張疲累，一下子發散出來了吧。

明天開始就放假了，想到新學期開始班導師還是森口，我就憂鬱得要命。

三月二十×日

春假開始之後，直樹突然有了奇怪的潔癖。

一開始是說吃飯的菜不要大盤，要分成小盤裝。以前就算是我吃剩的東西他都毫不在乎地吃掉啊。然後是自己的衣物要分開來洗，自己洗完澡之後絕對不要有別人去洗等等。

這種事情在電視上看到過，我判斷是青春期特有的情況，就順著他了；但他徹底執行的樣子讓人覺得有點超出常軌。總之自己穿的用的東西都不要我碰。

從來沒讓他做過家事的孩子現在自己洗碗洗衣服，當然是只洗自己的……這樣寫下來好像變成好孩子了，但實際看見他做還是沒法不感到不安。幾個碗盤茶杯就要用水跟清潔劑洗上快一小時。衣服也是不管什麼顏色，都加上大量殺菌漂白劑重複洗好多次。

彷彿以前看不見的無數細菌突然有一天看得到了一樣。

但如果只是這樣的話算是極度潔癖症，總有對策可以應付。直樹不只是這樣。他對自己採取相反的行動。

總而言之就是骯髒。不清理自己身體排出的廢物。不管我跟他說多少次，他不洗頭也不刷牙。以前最喜歡洗澡現在也討厭了。

我想要敦促直樹去洗澡，趁他在走廊上的時候玩笑似地輕輕把他推向浴室的方向。他不知道是有什麼不開心，對著我大吼：「不要碰我！」我從沒見過他這麼凶。

直樹第一次對我大聲。我安慰自己說這是反抗期沒辦法，但還是難過地一個人哭了。

雖然如此，在對我那種態度之後立刻又跑到我房間叫：「媽媽，媽媽，」開始跟我聊以前的事。

直樹這種奇怪的舉止到底會持續到什麼時候呢？

三月三十×日

今天鄰居旅行回來送了土產，京都著名和式點心店的最中餅。直樹本來不喜歡日本甜點的，難得有人送了，我還是拿到他房間去問他要不要吃。

不出所料他說：「不要。」然而過了一會兒他下樓到廚房來說：「還是吃吃看好了。」

我已經很久沒有跟直樹一起吃和式點心了。我泡了最好的茶，有點緊張地觀察直樹的樣子。

直樹咬了一口，然後一口氣把整個最中餅塞進嘴裡。美味無比地吃下去後，不知為何哭了起來。

「媽，原來最中餅這麼好吃啊。我以前從來都沒想過要試試……」

我看著他的眼淚，終於明白了。直樹的潔癖跟自身相反的行為，並不是青春期或反抗期，而是那次意外的緣故。

「小直，不用客氣，全部吃完也沒關係喔。」

我這麼說，直樹又打開一包，開始一口一口細細品嘗。

直樹一定是一面想著森口死掉的女兒一面吃著。之所以流淚是因為可憐那孩子再也吃不到世上美味的東西了吧。直樹真善良。

不光是吃最中餅的時候才這樣，那次意外一定在直樹腦海裡縈繞不去。

之所以患了潔癖症，應該是在不斷清洗餐具跟衣物上的污垢時，要洗掉揮之不去的可憎記憶。而自己不肯保持清潔，一定是因為只有自己過著舒適日子而抱著罪惡感。

到現在直樹仍舊在懲罰自己。

直樹這幾天奇怪的行為終於有了解釋。我怎麼沒早點注意到呢？直樹一直在跟我求救啊。

會變成這樣還是要怪那個竟然疑心直樹，給他施加精神壓力的森口。要想減輕自己罪惡感的話，把責任轉嫁給跟自己一樣神經大條的人好了。對善良的直樹做出這種事，除了卑鄙之外我想不出別的形容詞。

幸好兩天前送來的成績單裡夾了森口離職的通知。辭去教職顯然是自己心虛的證明。雖然好像不能換班級，但導師換掉就沒問題了。我想寫信給校長要求換個熱心教育的單身男老師。

直樹已經不必再煩惱了。現在直樹需要的就是「忘記」。要忘記的話寫日記就好。說來教我把煩惱寫在日記上的是中學時代的恩師。我遇上那麼好的老師，直樹怎麼就這麼倒楣呢？沒錯，直樹是倒楣。

直樹只是有點運氣不好。從現在起發生的都是好事了。

四月×日

今天到附近的文具店買了可以上鎖的日記本。我想可以上鎖的日記有把發洩出來的情緒封閉起來的功效。

剛才我把日記本給直樹，跟他說：

「小直現在心裡一定有很多很多煩惱。但是不用一直悶著喔。小直把心裡想的事情寫下來試試。媽媽不會要看你寫了什麼的。」

我本來擔心國中男生搞不好會嫌棄日記，沒想到直樹坦然接受了，而且還流著眼淚說：

「媽，謝謝妳。我不太會寫文章，但是我會努力試試看。」

聽到他這麼說我也哭了。

沒問題、沒問題，直樹馬上就可以振作起來的。我一定會讓他忘記這討人厭的意外。

我在心裡發誓。

四月×日

基本上日記是難過的時候才寫的，但今天有非常令人高興的事，非要寫下來不可。

真理子來家裡告訴我說她懷孕了。才剛剛進入第三個月，外表完全看不出來，但真理子的表情已經充滿了當母親的喜悅跟使命感。

她帶了直樹喜歡的泡芙，我想三個人一起慶祝，到直樹的房間去叫他，但直樹沒有下來。他說好像有點感冒的樣子，要是傳染給大姊就不好了。

真理子雖然有點遺憾，但讚美說：「直樹比我家老公體貼多了，」抱怨先生不顧她懷孕初期，仍舊若無其事地在她面前抽菸。

聽真理子這麼說我突然醒悟。我最近光注意直樹奇特的行動，忽略了真正的他。直樹不只是善良，他已經成長到懂得體貼懷孕的姊姊的程度了。真是令人高興。

更令人高興的是真理子走的時候我們站在門口說話，直樹打開自己房間的窗戶，揮手說：「姊姊，恭喜妳了。」真理子也笑著對他揮手道：「謝謝小直，要疼愛小寶寶喔。」

我之前曾經迷惘過自己教養子女的方式是不是有問題，現在看著這一幕，確信並沒有錯。

我成長的家庭是理想的典範。嚴父慈母，我和弟弟的四人之家。鄰居跟親戚都說我們家「真令人羨慕」。

父親把家中一切都交給母親，自己為了家人不分日夜拼命工作。因此我家得以過著比其他人家稍微富裕一些的生活。

母親要讓我無論嫁到哪裡都不會丟人，教我一般的教養跟禮儀，連細節都非常嚴格。對弟弟則是相反，就算是小事也誇獎他，讓他充滿自信自主行動，慈愛地在旁支持守護他。家中大小問題母親都自己解決，好讓父親能無後顧之憂地專心工作。

但是這樣幸福的家庭卻早早遇上了不幸。父親出了車禍，母親生病，兩人在我中學的時候雙雙離世。

我跟小我八歲的弟弟由親戚收養。從那時起我就取代了母親的職責，將她的教誨謹記在心，嚴以律己，用跟母親同樣的態度對待弟弟。我的努力有了回報，弟弟上了一流大學，進入一流企業任職，建立了出色的家庭，活躍在世界舞台上。

按照母親的教誨去做就不會錯。

直樹仍舊有潔癖跟髒癖（我找不到其他合適的詞），但我送他日記本之後他心情似乎比較好些了。

回想起來他兩個姊姊也有過同樣的時期。真理子中學時說不要學鋼琴了，聖美不肯穿我買給她的衣服也是從中學的時候開始。

直樹在多愁善感的青春期捲入這種倒楣的意外，我想他正在摸索之後的生活方式。我不能懷疑他。我要像媽媽對弟弟，以及我自己對弟弟一樣，就算是小事也誇獎，慈愛地在旁支持守護他，這樣直樹一定能恢復原狀，不，一定會更加成長的。

現在是春假，就讓他好好休息吧。

四月十×日

幾年前開始就常常聽到「家裡蹲」、「尼特族」之類的名詞。這種年輕人年年增加，好像已經造成了社會問題。

我常覺得給這些不去學校也不工作、在家中無所事事的年輕人這種稱謂是不對的。人在社會上過著團體生活，附屬於某處，有某種稱謂而獲得安心感。不屬於任何地方、沒有任何稱謂的話，就等於不存在於社會上。要是這樣的話，大部分人應該都會感到不安焦慮，想盡快努力確保自己安身立命的地方吧。

但是賦予不存在於任何地方的人「家裡蹲」、「尼特族」等名稱，就給了那些人歸屬之地跟頭銜。既然社會上有「家裡蹲」、「尼特族」存在的地方，那些人就可以安心不用上學也不用工作了。

要是社會全體都接受這種人存在，那也是沒辦法的事，但我還是難以置信會有爸媽坦然說自己的小孩是「家裡蹲」、「尼特族」。說這種話難道不覺得丟臉麼？

能滿不在乎這麼說的爸媽一定是認為自己的小孩變成「家裡蹲」、「尼特族」都是學校或者社會的錯，原因都不在家庭裡。

絕無此事。就算導火線是學校或社會，小孩的基本人格是在家裡形成的。原因不可能跟家庭無關。

家裡蹲的原因出在家裡。這樣推論的話直樹絕對不是「家裡蹲」。新學期開始到今天剛好一星期，直樹還沒去上過學。一開始說好像有點發燒，我沒有深究讓他休息了。打電話到學校去，接電話的是擔任新班導的年輕男老師。校長終於聽了我的建議。我立刻去跟直樹說。

「小直，這次的班導是年輕的男老師，我想一定能理解小直的。」

但是直樹第二天、第三天還是說有點發燒沒去上學。他說有點發燒，我想摸摸他的額頭，他卻對我大叫：「妳要幹嘛啊！」給他體溫計，他卻支吾道：「與其說是發燒，不如說是有點頭痛。」

我想他多半是裝病。但不是懶惰裝病逃學。要是去上學就會想起那次意外事故。所以直樹才不想去學校。

直樹精神疲勞。這樣的話就得去看醫生開診斷書。一直這樣散漫地缺席下去，學校跟鄰居都會把直樹當成「家裡蹲」了。

直樹八成不願意去醫院，但總而言之非去一次不可。這次非得狠下心來。

四月二十Ｘ日

今天帶直樹去鄰鎮看了精神科。

直樹果然不肯去醫院。我跟自己說這次要是不堅持的話，兒子就會變成「家裡蹲」了。

我對直樹說：「小直，要是不去醫院的話，現在就去上學。去醫院拿了診斷書，媽媽從明天起就不會叫你去學校了。小直可能不清楚，現在心病也是一種疾病喔。所以只是去跟醫生談談看也好。」

直樹想了一會兒之後說：

「不會抽血什麼的吧？」

說來直樹從小就怕打針。原來是擔心這個啊，我覺得直樹真是可愛極了。果然還是個孩子。

「不用擔心，媽媽會跟他們說不要打針。」

我這麼說直樹就去準備出門了。想想這是直樹從上學期結業典禮以來第一次出門呢。

在醫院做了簡單的內科檢查之後，接受了將近一小時的輔導。人家無論問什麼直樹都只低著頭，沒法好好地跟醫生說明自己的身心狀態，所以我代為說明了這幾天的情況。

我說直樹被去年的班導師套上莫須有的罪名，開始不信任學校，導致極度潔癖症等等。

直樹被診斷為「自律神經失調症」。醫生說不用強迫他去上學，不要讓他累積壓力，輕鬆地生活就好。醫生斷定直樹應該待在家裡。

回家的路上我說去吃點什麼好吃的吧。直樹說想吃速食店漢堡。我不喜歡那種店，但直樹這種年紀的孩子時不時就會想吃吧。我們去了車站前的漢堡店。

我不想弄髒手，用餐巾紙包著漢堡的時候倏地恍然大悟。直樹之所以選速食店是潔癖的緣故。這種店不用擔心餐具有別人用過，自己用過的也不必擔心有別人再用。

我們隔壁坐著一個四歲左右的小女孩跟應該是她媽媽的女人。我望著她們，心想給這麼小的孩子吃速食不好吧，看見女孩喝的是牛奶才安心下來。

但是小孩手滑了，紙盒砰地一聲落地，牛奶濺到直樹的褲管跟鞋子上。直樹臉色大變，衝向洗手間。回來的時候他臉色鐵青，好不容易吃下去的東西大概都吐出來了。

直樹不只精神疲勞，果然身體也不太好。明天把醫師診斷書送到學校去，讓他好好休息吧。

五月×日

直樹一整天的時間大多花在打掃上。

用不剪指甲的手洗碗，晾洗得皺巴巴的衣物。廁所也在用完之後花好幾倍的時間拿殺菌清潔劑擦洗馬桶、牆壁跟門把。

我說我來清理就好，他充耳不聞。想幫他的忙，但只要碰到直樹的餐具或衣物，他就會怒吼：「不要摸！」

他做的不是壞事，任由他去也無不可，但追根究柢原因出在那件意外事故上，我覺得非得替他做點什麼才行。

洗澡一星期一次也就差不多了。不出門的話不會弄髒也不出汗，他也沒有難受的樣子。

我最喜歡下午茶的時間。自從上次的最中餅之後，要是有好的點心，直樹看當天心情有時候會跟我一起喝茶。也曾說過「想吃媽媽做的鬆餅。」雖然他不跟以前一樣陪我去買東西了，但購物時選直樹可能會喜歡的點心成了我的新樂趣。

其他時候直樹是打電腦、玩遊戲，還是在睡覺，我完全不知道。他就關在房間裡，沒有聲音靜靜地過日子。

我想直樹是在放鬆休息。

五月二十×日

今天新任班導師寺田良輝先生到家裡來拜訪了。

我曾經在電話裡跟他談過好幾次，見到本人感受到他渾身充滿了幹勁，讓人很有好感。直樹說不想見他，躲在房間裡不肯出來，老師就非常認真的聽我說的話。送來的筆記包括了每一門學科。雖然在家好好休息比較好，但我還是擔心他的功課，老師這麼周到，真的讓人非常感謝。

但是老師帶了北原美月一起來，我有點介意。或許老師是想帶著同班同學一起來，直樹會比較不緊張，但這樣的話也找個住得比較遠的同學啊。

直樹的病情我知會了校方，老師跟自己班上的學生是怎麼說的就不知道了。要是美月回家以後隨便說直樹是「家裡蹲」什麼的，在鄰居間傳開就糟糕了。明天打電話給老師道謝，順便拜託說要是可以的話讓朋友們寫信鼓勵直樹吧。

剛才把老師帶來的影印筆記送到直樹房間，才打開門直樹就怒吼：「沒神經的臭老太婆，不要隨便胡說八道！」把字典朝我丟過來。我以為心臟要停止了。滿口粗話、野蠻的舉止，我第一次見到直樹這樣。他到底有什麼不高興的啊？應該還是想起學校的事情心情惡劣吧。晚餐我特意做了直樹喜歡的漢堡，他也不肯下來吃。

然而我覺得寺田老師或許可以幫助直樹。這麼想讓我也振作了一些。

六月十×日

直樹的潔癖雖然沒有改變，但可能是洗碗洗累了吧，跟我說他的飯菜用免洗碗盤裝。喝茶用紙杯，筷子是免洗筷，這樣既不經濟又增加垃圾量，但如果直樹比較安心，我明天就去買。

他已經有三個多星期沒洗過澡了，衣服跟內衣也連穿了不知道多少天。頭髮髒膩，身上發出酸臭。實在太不衛生了，我冒著被他大吼的風險，強行用濕毛巾替他擦臉，他猛地一推，我的臉撞到樓梯扶手上。

他也不肯再跟我一起吃點心了。

即便如此他還是要清掃廁所。

分明有段時間已經平靜下來了，為什麼又變成這樣呢？……一定是家庭訪問的緣故。

寺田老師每個星期五都帶著美月一起來，我覺得隨著他每次來，直樹關在房間裡的時間就更長了。雖然說在家好好休養，但其實是想要他去上學吧？我開始抱著懷疑態度。

一開始我覺得寺田老師很熱心，對他也有所期待，但來得多了我發現其實根本沒用。他只是把影印筆記送來，對於學校的方針跟對策隻字不提。他到底跟校長和學年主任討論了些什麼呢？

我想過要打電話去學校問，但要是被直樹聽見，可能就此關在房間裡不出來了，所以還是暫時跟學校保持距離吧。

七月×日

雖然在同一個屋簷下生活，但我已經好幾天沒有看見直樹了。他完全不出房門一步。把用免洗碗盤裝的食物送到他房間，他只說擺在門口就好，不讓我看見他。澡也有一個月沒洗了。也沒見他換過內外衣物。

廁所是不得不去上的，他好像都盡量等我出門或者做事情的時候去上。我回來進入洗手間，雖然非常乾淨，但卻殘留著異臭。跟排泄物的氣味不同，彷彿是腐爛食物般的臭味。

直樹用名為污穢的鎧甲把自己武裝起來，閉關在自己的房間裡。

我相信任由他去他會好起來的。但是直樹的心卻越來越封閉了。我是不是非得更加勇敢地面對直樹心底的恐怖跟不安才行呢？

七月十×日

一塵不染乾淨得嚇人的房間裡，裝備著骯髒鎧甲的直樹沉沉地睡著。要是沒有什麼意外應該會一直睡到傍晚才醒。

為人母親者在自己孩子的午飯裡放安眠藥，簡直是不像話的行為，但要卸下直樹身上的骯髒鎧甲，除此之外我想不出別的辦法。我覺得讓直樹頑固地自閉在家中的罪魁禍首就是這罪惡感造成的骯髒鎧甲。

我走進窗簾緊閉的陰暗屋中，慢慢接近散發異臭的直樹，低頭望著他的睡臉。油膩髒污的臉上冒著好多灌膿的青春痘。頭髮上滿是痂一樣的皮垢，雖然如此我還是想撫摸直樹的頭。我伸手慢慢地摸了一下。

然後我用另外一隻手拿著剪刀，緩緩靠近直樹鬢角的地方。我突然想起來用這剪刀替直樹做過袋子。剪刀喀嚓剪下油膩的長髮，發出很大的聲音。我害怕直樹要是突然醒來可怎麼辦？但總算設法把頭髮剪到露出耳朵的程度。

本來並沒打算在他睡覺的時候替他理髮的。要是剪壞了我想他也不會去美容院重剪。我只是想讓他的骯髒鎧甲出現裂縫而已。

剪下來的頭髮散落在枕頭上，我想要是他脖子癢的話或許會去洗澡也說不定，於是就拿著剪刀悄悄走出房間。

我正要開始準備晚餐時，家中響起野獸一般的咆哮。聲音嚇人到一時之間聽不出來是直樹的程度。我急忙跑上二樓，戰戰兢兢地打開直樹房門，筆記型電腦迎面飛來。房間裡亂成一團，完全看不出幾小時前還整理得一塵不染。

直樹發出不曉得是「哇」還是「啊」的奇怪聲音，把房中伸手可及的東西全部拿起來扔向牆壁，行為幾乎已經沒有人樣了。

「直樹！不要這樣！」

我的聲音大到自己也嚇了一跳。直樹倏地停下來，轉身面對我，用毫無抑揚頓挫的聲音說：

「出去……」

他眼中毫無疑問露出瘋狂的神色。即便如此我是不是該有被他殺掉也在所不惜的覺悟呢？當時我第一次打從心底害怕自己的兒子，只能轉身逃出他的房間。

光憑我一個人的力量已經沒有辦法了。

我決定今天一定要跟丈夫談談。但偏偏就在這種時候，他傳了我用不習慣的手機簡訊來說因為加班必須在公司過夜。

除了寫日記我已經什麼也辦不到了。

直樹可能又睡著了吧。樓上的房間毫無聲息。

七月十×日

我在客廳寫日記就這樣睡著了。天亮的時候我被浴室傳來的淋浴聲吵醒。我以為是丈夫回來了，但更衣間脫下來的衣服是直樹的。

直樹主動去洗澡了。從昨天那野獸般的凶暴行為完全無法聯想。直樹或許也冷靜地考慮了一晚上。

擊破骯髒鎧甲的作戰大為成功。

淋浴的聲音持續了一個多小時。期間我擔心他會不會自殺還是有什麼奇怪的舉動，好幾次不安地到浴室前，確認除了水聲之外還有椅子、浴簾的聲音才回客廳。快兩個月沒洗澡了，花時間也是當然的。

看見從浴室出來的直樹我不由得啊地叫了一聲。直樹剃成光頭了。

雖然很驚訝但這樣的確最乾淨。頭髮理得精光的直樹看起來像是洗去所有煩惱的修行僧人。指甲也剪短了，內外衣物也都換上了我給他買的新品。

但是我看著眼前的直樹，卻沒辦法高興起來。洗淨一切的直樹彷彿把人的感情也都洗掉了一樣，臉上毫無表情。

我不知道該跟他說什麼，直樹反而先開口。

「以前對不起了。我到便利商店去一下。」

完全沒有抑揚頓挫的聲音。

不只是洗澡，突然還要出門。我不假思索地說：「媽媽也一起去。」他拒絕說：「沒關係。」我很想跟在他後面，但要是被發現，昨夜的辛勞就化為泡影了。於是我咬牙在家等待。

我送直樹到玄關，這才發現夏天已經來了。

七月十×日

我現在要寫的是直樹去便利商店數十分鐘之後發生的事情，但已經隔了好幾天。我受到的驚嚇實在太大了。

為了讓直樹回來立刻有早飯可吃，我到廚房做他喜歡的培根炒蛋。就在此時平常我並不使用的手機響了起來。

不詳預感不幸中的。打電話來的是附近便利商店的店長，說要我來把兒子接回去。

一定是順手牽羊。出門的時候給了他足夠的錢，但精神狀態仍舊不安定，我想可能是一時衝動。

但是直樹做了非常奇怪的事。根據店員的說法，直樹進去之後晃了一圈，然後把手伸進口袋（大庭廣眾之下把手放進口袋，店員以為他偷東西），接著用那隻手摸店裡賣的飯糰、便當、寶特瓶蓋子等各種商品。

這雖然很奇怪，但還不至於到要家長來接回家的地步。直樹是用流血的手摸這些商品。他讓店裡的東西全沾上了自己的血。直樹在被店員發現之後，用店裡賣的繃帶把自己的右手包了起來。他口袋裡放著家中浴室裡的備用剃刀刀片。

店長也是第一次碰到這種事，不知該如何處理，所以就聯絡了直樹手機裡登錄的第一個號碼，打電話給我。店裡的人無論問直樹什麼他都不回答，由於這不算犯罪行為，我把沾到直樹血液的商品全部買下，就沒報警而解決了。

回家的路上直樹也一言不發。我到廚房準備繼續做早飯，直樹也跟過來默默坐在餐桌旁。他可能是不想回亂七八糟的房間吧。我把便利商店買的大袋東西放在桌上，在直樹對面坐下。

「小直，為什麼做這種事？」

我並沒想到他會回答，但無法不問。然而他回答了。

「……因為我想被警察抓走。」

他用沒有起伏的平淡語氣說。

「為什麼？小直還在介意那次意外嗎？小直根本沒有錯，完全不用介意。」

他沒有回我。但是我們之前從來沒有提過那次意外。我想這是直樹重新振作起來的機會，就努力做出開朗的樣子。

「啊——啊，肚子有點餓了。說來媽媽沒有吃過這家店的飯糰呢。既然買了就吃一個看看吧。」

我從便利商店的袋子裡取出一個飯糰。寫著海底雞美乃滋的外包裝上沾滿了已經凝固的茶色血跡。「啊，還是不要吃那個比較好。會得愛滋死掉喔。」

直樹說著從我手裡拿過飯糰，撕開包裝開始吃。我完全無法理解直樹的舉止跟為什麼會扯到愛滋。

「小直，媽媽不知道你在說什麼。愛滋是怎麼回事？」

「我喝了森口老師加了愛滋病毒的牛奶。」

直樹臉色平靜地說出這恐怖的告白。我在腦中重複直樹的話，慢慢渾身起了雞皮疙瘩。

「小直，是真的嗎？」

「真的啊。結業式那天老師說的。森口老師小孩的爸爸，就是那個勸世鮮師。媽媽喜歡他吧？勸世鮮師說是癌症死的，其實是愛滋喔。森口老師把那個人的血加在我跟渡邊的牛奶裡了。」

直樹雖然說著這麼嚇人的話，臉上卻浮現出爽朗的表情。我如坐針氈，反覆起來到水槽嘔吐。森口是惡魔……

愛滋病毒，她讓我的寶貝兒子染上HIV。直樹受到這種殘害沒法跟我說，一直自己隱忍著。潔癖、髒癖、吃到好吃的東西感動流淚，現在我都能理解了。直樹受到這種沒天理的冷酷報復，還關心我跟父親跟姊姊，並且感謝生命的美好。

「小直，跟媽媽一起去醫院吧。媽媽會把小直的話告訴他們的。」

要是能的話現在就想把直樹全身的血液都換掉。我激動異常，直樹則非常冷靜。

但是噩夢還沒結束。接下來的對話把我推入了地獄的深淵。我沒法長話短說，就照實寫下來好了。

「不要去醫院，去警察局吧。」

「警察局？也對，非讓他們逮捕森口不可。」

「不對，是逮捕我。」

「你在說什麼？為什麼要逮捕小直？」

「因為我是殺人兇手啊。」

「小直才不是殺人兇手！媽媽之前就不相信，小直只是把屍體扔到游泳池裡吧？」

「森口老師說小孩只是昏過去而已。我把她扔進游泳池才死的。」

「怎麼會這樣……但是就算那樣小直是不知者不罪。」

「不是喔。」

直樹滿面笑容地說。

「我看見那個小孩醒來，然後才把她丟進游泳池裡。」

今天我只能寫到這裡了。

七月十×日

剛才寺田那個白癡老師又來了。竟然給我做出那種事。在我家大門口用左鄰右舍都能聽見的聲音廣播了直樹沒去上學。

不只如此，他還帶來全班同學寫的色紙。用紅色麥克筆寫著這樣的大字：

人並不是孤獨的。世道雖然險惡，還是幸福地活下去吧。

要有信心。NEVER GIVE UP!

精心設計的暗號吧。就算寺田沒有察覺，我可一眼就看出來了。每句第一個字的發音拼起來不就是「殺人兇手去死」嗎？直樹是殺人兇手。被沒腦子沒教養覺得寫這種句子很好玩的廢柴同學嘲笑的殺人兇手。

但我也因此下定了決心。

直樹只是把渡邊殺害的森口之女丟進游泳池而已。連這我都曾認為是森口編出來的謊言。然而真相遠為恐怖。

直樹在森口的女兒醒過來以後才把她丟進游泳池裡。這是蓄意謀殺。

那天我跟森口一起聽直樹告白的時候，就覺得有哪裡不對勁，我以為是森口強迫直樹說謊的緣故。正因如此我才相信直樹是清白的。但那卻是直樹故意說謊。

直樹告訴我的殘酷真相，我不願相信也不行。我不覺得他是胡說。

我是直樹的母親。小孩有沒在說謊做媽的還是知道的。

「小孩醒了你還把她丟進去，是因為很害怕吧？」

我反覆詢問吐露殘酷事實的直樹。我知道自己是盲目愚蠢的母親。但自己的孩子是殺人犯的話，那至少我希望動機是恐懼。

但是直樹並沒有說「對」。

「媽媽妳要那樣想的話也可以啦。」

就這一點直樹到最後都沒有告訴我他為什麼殺害森口的女兒。不僅如此，他可能是說出真相鬆了一口氣，好像認命了一樣不停撒嬌般地說：「快點去警察局吧。」

直樹把勝於常人的善良之心跟骯髒鎧甲一起洗掉了。我所愛的直樹已經不在了。兒子失去了人性，變成坦然自若的殺人犯，我身為母親的能替他做的只剩下一件事。

義彥，長久以來多謝你。要保重身體。

真理子，我當不成外婆真是遺憾。要生下健康的寶寶喔。

聖美，堅強地活下去，實現妳的夢想吧。

我要帶著直樹先走一步，到我最愛的父母身邊了。

＊

我本來以為就算在黑暗中掙扎，只要真相浮現，應該可以看到一線曙光。但是看完母親的日記，別說一線曙光了，反而更加伸手不見五指。

母親打算把弟弟殺了。這個念頭在我聽到弟弟成了家裡蹲的時候就從腦中掠過。全心追求自己理想，深信堂堂正正生活才是幸福之道的母親會選擇這種手段也不奇怪。

但是母親沒有我想像中那麼膚淺。她接受了弟弟不去學校的事實，讓他休息，靜靜地在旁守護他。只要是跟弟弟有關的事母親一向都不能不插手，能靜靜地守護絕對是下了很大的決心。

弟弟崩潰絕對不是因為母親剪了他的頭髮。我想他本來就在崩潰邊緣。弟弟跟母親坦白自己是殺人犯只是時間問題。

但我還是忍不住想要是能再多撐半個月，我就回家了。我到現在也不知道要怎樣應付母親日記中的弟弟。但是我跟母親兩個人的話總可以有點辦法的。

兩個人的話……父親真的什麼都沒察覺嗎？其實他知道自己家裡有異狀，只是裝得毫無所覺吧？

母親要是知道我這麼想或許會生氣，但我認為父親是為了逃避這次事件而裝出憂鬱症的樣子。不是樣子，我想有一半是真的……弟弟的軟弱就是父親遺傳的。

母親的理想到底只是理想而已。我家其實是個庸庸碌碌、但現在想起來是個非常幸福的平凡家庭。

大姊受到驚嚇而流產，現在住院療養。跑到醫院去採訪的媒體要花多久時間才會查出弟弟在學校捲入的案件呢？或許已經發覺了也說不定。

沒有時間了。

要是把母親最後一天的日記當成遺書的話，母親打算殺害弟弟，那弟弟弒母的行為或許可以算是正當防衛。加上精神科的診療紀錄……能不能獲判無罪呢？

為了大姊、為了父親、為了我自己，同時也是為了母親，我想要讓弟弟無罪釋放。

但這麼做要先確認弟弟的真意才行。

第四章　求道者

*

眼前是白色的牆壁。身後也是白色的牆壁。左邊右邊都是白色的牆壁。上面下面也都是白色的牆壁。

我是從什麼時候開始一個人在這個白色房間裡的呢？不管轉向哪裡，牆壁上永遠都在播放某次事件的影像。

我已經重複看過多少次了呢？啊啊，又從頭開始了……

鼻尖通紅，啪噠啪噠走路的中學生。——開始的那天。

我駝著背在冷風中縮成一團走著，穿著短袖短褲跑步的網球社社員從背後超越我。我要去補習班，這些傢伙要衝刺到車站，一下子就超越我了。我並沒做什麼錯事，只不過在回家的路上，卻不知怎地有罪惡感，我更加駝著背，不跟任何人視線相接，盯著自己的鞋尖慢慢加快腳步。雖然回去了也沒事做的說……

有夠衰。上了中學以後我真的衰到家了。新年過後更加地衰。哪方面？人際關係，特別是跟老師。社團的顧問老師、補習班的老師、班導師，為什麼都專門挑我的毛病啊！因為這樣我覺得最近連班上同學都開始瞧不起我了。

跟我一起吃便當的是喜歡電車跟H-GAME的兩個同班宅男。在班上第一次受處罰以後，跟我好好說話的只有那兩個人，所以也是沒辦法的事。雖然如此他們並不是親切，除了自己喜歡的東西之外都不感興趣。我的話是有人跟我說話所以我就回答了。這樣總比自己一個人好。但是讓班上的女生看見我跟他們在一起就覺得丟臉得不得了。

不想去學校。可是因為這種理由不想上學，不管怎樣都沒辦法跟媽媽說。要是說了，媽媽一定會很失望。我現在這個樣子離媽媽的期望還遠得很呢。媽媽期望我成為人上人，像她弟弟功治舅舅那樣。

媽媽總是很驕傲地跟親戚和鄰居說我「善良」。「善良」到底是什麼呢？要是有參加什麼義工活動也就罷了，但我不記得自己做過什麼讓人說我很「善良」的事。因為沒什麼可被誇獎的，所以只能用「善良」這種辭來蒙混。這樣的話不要誇獎還比較好。我不喜歡墊底，但也沒因為當不成第一而不爽啊。

我從小就是被稱讚大的，一直相信自己頭腦聰明、運動萬能。我們這裡雖然是鄉下，小學的學生人數也不算少。上了三年級我就發現那只是媽媽的期望而已，事實上我努力起來也頂多是中上程度。

即便如此媽媽還是把我在小學期間得到的唯一一張獎狀裱起來掛在客廳，跟所有來家裡的人誇耀。那是三年級的時候參加書法比賽得到第三名的獎狀。我記得是用平假名寫的「選舉」兩個字。那時候的班導師稱讚說：「很樸實的字呢。」

上了中學之後媽媽不這樣誇耀了，開始成天把「善良」掛在嘴邊。但我更討厭的是媽媽動不動就寫信給學校。這我是在第一學期期中考之後發現的。

班導森口老師在班會的時候公布了總成績前三名的同學。那三個人看來就是很會念書的樣子。我一面拍手一面覺得他們好厲害啊，並沒有不甘心，因為我本來就沒他們的程度。住在附近的美月是第二名，晚餐的時候我就跟媽媽說了。她好像沒什麼興趣，只回道：「喔，這樣啊。」但其實不是。

幾天後我偶然在客廳的垃圾筒裡看見丟棄的信件草稿。

「重視個別人格的時代已經到來，然而卻還有教師倒行逆施，在所有同學面前只表揚成績好的人，這使我感到非常不安。」

我立刻知道這是針對森口的抱怨信。我馬上拿著信紙到廚房去跟媽媽抗議。

「媽，不要寫這種信給學校啦。這不就像是我因為自己不會念書所以忌妒別人嗎？」

媽媽聽了很溫柔地說：

「哎呀，小直在說什麼啊，哪是忌妒？媽媽並不是說不能排名次。只是抗議公布考試的名次而已。只有考得好的學生才特別嗎？只有他們才是優秀的人嗎？不是這樣吧？但是老師有替善良的學生排名次嗎？替認真掃除的學生排名次嗎？然後在大家面前公布嗎？媽媽想說的只是這個而已。」

這麼煞有介事真讓人受不了。雖然一本正經地講道理，但要是我的成績好的話，媽媽才不會寫這種信呢。她只是覺得失望而已。

從那時起每次媽媽誇耀我多「善良」，我就覺得好悲慘。悲慘、悲慘、悲慘……。

身後響起清脆的鈴聲，我停下腳步，同班女同學騎著腳踏車從後面快速超過我。不久之前還會跟我說：「小直，掰掰」。我再度往前走，從口袋裡拿出沒響的手機，假裝在看簡訊；分明沒感冒卻誇張地吸鼻子。

突然有人拍上我的背。

是同班的渡邊。

「喂，下村，今天有空嗎？我有很夯的片子喔，要不要看？」

嚇我一跳。二月換座位以後他坐在我旁邊，但幾乎沒說過話。我們不是同一所小學，也沒一起做過事或當值日生。

而且渡邊是我不太會應付的那種人。他腦子的構造跟我完全不同。不去上補習班，考試也幾乎都滿分，暑假的時候參加全國科展還得了獎。但是我不會應付的不只這些。

渡邊平常大部分時間都自己一個人。早上跟休息時間多半在看好像很難的書，下課後也不參加社團活動，立刻離開學校。雖然情況跟最近的我很像，但決定性的不同在於他並不自怨自艾。

不是沒有朋友，而是自己要避開大家。像是「誰受得了跟腦殘往來啊」的感覺。這我不會應付。不知怎地會讓我想起功治舅舅。

但是班上的男生覺得渡邊是個厲害人物。說奇怪的奉承話，設法討好他，還真有這種蠢人。這並不是因為他功課好，大家不會覺得那種事情了不起的。他有本事把小電影的馬賽克部分除去百分之九十呢。總之好像能看得非常清楚。

聽到這種傳言我也想看看，但本來連話都說不上的人，總不能突然就要他「借我看小電影」吧？

雖然如此渡邊卻主動跟我搭話。到底是怎麼了？

「為什麼問我？」

搞不好是在耍我。說不定班上其他人正躲著偷看我的反應取笑。我這麼想著四下望去，並沒有人在看我們。

「我以前就想跟你聊聊。但是一直沒什麼機會。下村你好像滿遊刃有餘，挺讓人羨慕的。」

渡邊說著有點不好意思似地笑了一下。雖然表情有點尷尬，他的笑臉我還是第一次見到。

而且他說羨慕我？只有我羨慕渡邊的分，完全無法想像他會羨慕我。

「為什麼？」

「大家好像都覺得我只會念書吧。拼了老命在用功的感覺，實在有點丟臉。」

「是嗎？我沒這麼想啊……」

「不，我真是太失敗啦。相形之下你第一學期輕鬆地觀察大家，第二學期成績就突然突飛猛進了。」

「那沒什麼啊，根本比不上你呢。」

「但是你還沒使出全力吧。這樣很帥呀。」

很帥？我嗎？我有生以來從來沒被男生、女生，甚至媽媽這樣說過。不知怎地心怦怦地跳，臉頰開始發熱。

我的成績雖然從暑假去上補習班後開始有點進步，但其實在那之前我就已經到極限了。惹補習班的老師生氣，還因此受了處罰，反正不管我怎麼努力，頂多也就是中上的程度，上個月我就放棄了。

但是渡邊這樣說我就覺得自己其實還有進步的空間。或許只有他看穿了連我自己都沒察覺的本質。

我真心想跟渡邊成為好朋友。

渡邊的「研究室」在河邊一棟舊平房裡，我已經是第二次到這兒來了。這回我帶著媽媽做的紅蘿蔔餅乾。最新的大螢幕電視上，播放著變成生物武器的殭屍在夜晚的都市中成群結隊徘徊的畫面。

渡邊雖然對除去小電影的馬賽克有興趣，對內容好像沒啥興趣，似乎是有生理上的嫌惡感。我也曾經看過一次，本來想像中是普通的色情畫面，結果突然出現拳擊台，裸體的金髮美女開始摔角大賽，亂七八糟的噁心樣子讓我倒盡胃口。

所以就看正常的片子了。我去車站前的影片出租店租了外國科幻恐怖電影。在家媽媽不讓我看有槍戰場面的電影。但是這好好看啊。帥氣的女主角拿著機槍掃射殭屍大軍，真是爽斃了。

「真好，我也想試試看。」

我不由得脫口而出。我轉向渡邊看他是不是聽到了。

「那你有想教訓的傢伙嗎？」

渡邊這麼說。

「教訓？」

我反問，但渡邊只說：「看完再說，」就繼續看電影。他的意思是如果我是電影的主角要教訓誰嗎？我也把視線轉回電影。本來應該被機槍打爛的殭屍又搖搖晃晃地站起來。這要是現實的話就太恐怖了。

結果主角並沒擊敗殭屍大軍。看來還有續集。

「要是街上都是殭屍要怎麼辦？」

我一面吃媽媽做的紅蘿蔔餅乾，一面問渡邊。他突然站起來，從桌子抽屜裡拿出某個東西。黑色的零錢包。

「那就是嚇人防盜錢包嗎？」

「對。其實不久前成功升級啦，但還沒有試驗過。下村要摸摸看嗎？」

我誇張地搖頭擺手。

「開玩笑的啦。這玩意就是要用來教訓壞人的，所以我覺得也該拿壞人來作試驗。」

渡邊說著把錢包放在我面前。不管怎麼看都只是普通的拉鍊小錢包而已。

「可以用這個來教訓人嗎？」

「碰到拉鍊的拉環就會觸電。會讓人哇地叫出來嚇得跌坐到地上吧。你不想看壞人那種狼狽樣嗎？」

「想看想看。要教訓誰？」

「就是，我因為不能遊刃有餘，所以看大家都是壞人。……要不下村你來選吧？」

「我選？」

我不由得反問。但是好興奮喔。可以用渡邊發明的工具教訓壞人。目標由我來選。這不是很像電影的主角嘛？渡邊是博士，我是助手這樣。

我想破了腦袋。不是我的敵人，而是我們的敵人。這樣的話就是老師了。總是一副了不起的德行的傢伙。

「戶倉如何？」

「是不壞啦……我不想跟那傢伙扯上關係。」

立刻被否決了。那就導師吧。把自己的小孩看得比學生重要的傢伙。

「那就森口吧。」

「嗯——我拿她試驗過一次了……沒辦法用同樣手法騙她兩次吧。」

又被否決。這下我想不出來了。渡邊輕輕嘆了一口氣，好像覺得很無趣，開始把玩桌上的工具。

搞不好他後悔找我入夥了。要是我選的人再不如他的意，這次計畫可能作廢也說不定。不，不作廢而另外去找別人，然後跟那人一起取笑我。

——那傢伙果然不行。根本沒用。

我才不要這麼悲慘呢。悲慘……。冬天的游泳池又冷又髒。自己一個人打掃那裡真是悲慘。我分明完全沒錯。我並不討厭打掃，但是討厭被人看見我被罰去打掃。所以有人的時候我都立刻躲進更衣室。但是來的人卻是……

對了。那個小孩如何？

「喂，森口的小孩怎樣？教訓把自己的小孩看得比學生重要的傢伙。這個機會不錯吧？」

渡邊把玩工具的手停了下來。

「這個好。我雖然沒看過，但是她好像不時會把小孩帶到學校來。」

渡邊顯然很有興趣。我在心中作出勝利的握拳手勢。通過第一道關卡了。我為了讓自己顯得更為有用，告訴渡邊我在購物中心看到森口的女兒想買小棉兔包包，但森口沒買給她。

「這樣啊。絨布小包大小的話威力還可以加強。下村，你真厲害，果然如我所料。託你的福好像會比我想像中更好玩了。」

「那就快點去買吧。要是賣完就糟了！」

我們騎腳踏車前往位於鎮外國道旁的購物中心。
假日的特設大賣場人山人海。離情人節還有四天。我在歐巴桑跟女高中生群中朝目標攤位前進。
「這個這個。太好了，是最後一個呢，害我著急了一下。」
我撫平亂七八糟的頭髮，把戰利品小棉兔頭型的絨布小包包給渡邊看。
「最後一個啊，我們運氣真好。」
渡邊說。一點沒錯，要是賣完了的話，我們的計畫不就泡湯了嗎？最後的一個，運氣是站在我們這邊的。
我們用自己的零用錢各出一半買了小包包，到二樓的漢堡店開作戰會議。
「嚇人防盜錢包是怎麼做出來的啊？」
我一面吃漢堡一面問。
「很簡單啦。首先把拉鍊的拉環部分像這樣當成開關。」
渡邊拿托盤上的薯條排列說明，我根本聽不懂。
「我這樣講你懂嗎？」
「啊，嗯，原來如此——。挺簡單的啊。」
我不想讓渡邊失望，就這樣回他，說著說著好像真的有點懂了。

而且能跟他在這裡真是太愉快了。這家漢堡店我跟二姊來過很多次，但跟同學一起還是第一次。小學的時候很嚮往聚集在這裡的國中生跟高中生。我的夢想終於實現了。跟周圍的人比起來，我們對話的內容有深度多了，而且還是祕密作戰會議呢。

「那個小孩為什麼去游泳池啊？」

渡邊一面把薯條堆起來一面問。是我表現的時候了。

「她去餵狗啦。柵欄對面的那家人不是養了一隻黑狗嘛？」

「啊，那隻毛亂蓬蓬的狗？」

「對。她把麵包藏在衣服底下去餵那隻狗。」

「咦，原來她會去餵狗啊。住在那家的人呢？」

「說來已經一星期沒看見了，可能是去旅行了吧？最好也確定一下。」

「怎麼確定？」

「對了！把棒球丟進去，然後裝著要去撿球翻過柵欄到院子裡去怎樣？」

我腦子裡不斷浮現各種主意。這是第一次。渡邊負責發明，我負責作戰。我已經不是渡邊的助手，而是他的夥伴了。

我跟渡邊提議「這樣的方法如何」。

①我先去調查以免有人妨礙。

②跟渡邊會合在更衣室等小孩來。
③小孩來了以後由我先跟她搭話（因為渡邊的笑臉有點不自然）。
④渡邊把絨布小包包掛在她脖子上（說是受媽媽拜託去買的）。
⑤然後我催促她打開看看。

「很好啊。」

渡邊滿足地說。我想像小孩嚇得跌坐在地上的樣子，簡直樂不可支。

「那個小孩會不會哭啊？渡邊你覺得呢？」

渡邊對著笑個不停的我微微一笑。

「不會哭。」

「咦——我想絕對會哭的。對了，我們來打賭吧。輸了的人下次在這裡請吃漢堡。怎樣？」

「好啊。」

我們用可樂碰杯約定。

一面東張西望一面偷偷進入游泳池的少年。——開始之日後一週。

從早上開始，不，這幾天以來我一直都興高采烈。這可能是上中學以來我第一次喜歡上學。

「準備如何了？」

第二節下課後我偷偷問渡邊。他回答：「完全沒問題。」我們為了不洩漏計畫，在學校一直都分別行動。

上課什麼的我根本沒在聽，第五節的理科，看見森口我得死命忍著不笑出來。時間一下子就過去了。

放學後我自己一個人到游泳池去，觀察四周的樣子，確認沒人在。這時我才覺得沒別人受罰真好。

我看見黑狗把鼻尖從柵欄的間隙間伸過來。那家今天也好像沒人。為了保險起見我還是從書包裡拿出從棒球社團活動室裡面撿來的球，丟到院子裡去。我做出「哎呀糟糕了」的樣子，越過柵欄繞著那家走了一圈，到大門按門鈴，等了一會兒沒人應門，家裡也沒有人在的樣子。

很好，一切ＯＫ。

我再度越過柵欄回到游泳池邊。在此期間那隻黑狗不知是老還是笨，始終連吠也沒吠一聲。

我傳了「作戰①結束」的簡訊給渡邊，還不到五分鐘他就來了。

「一切順利！」

我對他豎起大拇指。

我們進入更衣室，躲在門背後。門本來就沒有鎖。於是作戰②開始。陰暗的更衣室內滿是塵埃，感覺起來好像小時候玩耍時的祕密基地，我還以為自己無所不能的時候。不對，從現在開始我就無所不能了。只要跟渡邊在一起就好。

我望向渡邊。他好像在最後一次檢查絨布小包。不管怎麼看都是個普通的小袋子，能用這讓人觸電，真是太厲害了。

「哎，渡邊，下次去我家玩吧。我媽媽說要做蛋糕，一定要請你來吃。我媽好像很高興我能交到聰明的朋友。之前她還寫信到學校抱怨說：『怎麼可以只憑成績來排名次！』結果我跟她說最近跟渡邊很好，她就說，啊，那個第一名的同學？記得可真清楚啊，真是敗給她了。嗯，我家是不能跟渡邊的研究室比啦，但是我媽媽做的蛋糕比外面賣的好吃。這樣吧，今天結束以後就去我家，叫我媽做個好吃的。渡邊你喜歡鮮奶油還是巧克力？」

渡邊說「噓—」，並把手指豎在嘴前面。我望向外面，看見一個小女孩從游泳池入口鑽進來。

「渡邊，就是那個小孩。」

我們靜靜地探出身子，觀察森口的女兒。

她完全沒有察覺我們，越過游泳池旁邊，直奔把鼻尖從柵欄的間隙間伸過來的黑狗。

「毛毛，吃飯囉。」

她說著彎下身子，拿出藏在運動衫下面的麵包，用手剝開餵狗。她高興地看著黑狗一面搖尾巴一面狼吞虎嚥，麵包一下子就沒了。

「我會再來喔。」

她一面拂掉身上的麵包屑一面站起來。

我瞥向渡邊，他點點頭。我們慢慢地走近小孩。作戰③開始。首先由我跟她搭話。

「妳好，妳是小愛美吧？」

森口的女兒吃了一驚轉過身來。我對她微笑。

「我們是妳媽媽班上的學生。對了，之前我們在購物中心見過呢。」

一切都按計畫進行。小孩用警戒的目光輪流看著我們倆。

「妳喜歡狗嗎？我們也喜歡。所以常常來這裡餵牠吃飯喔。」

渡邊說。這不是計畫中的台詞。但是小孩露出高興的表情。渡邊看見她的反應，拿出藏在背後的絨布小包包遞給她。進入作戰④。

「小棉兔！」

小孩叫起來。渡邊露出不自然的笑容，蹲下來迎上小孩的視線。

「之前媽媽沒有買給妳吧。還是已經買了？」

這本來是我的台詞。小孩搖頭。

「沒有吧。因為這是妳媽媽拜託我們去買的。雖然有點早，這是媽媽給妳的情人節禮物喔。」

渡邊說著把絨布小包掛在小孩脖子上。

「媽媽給的？」

小孩臉上浮現欣喜萬分的笑容。我覺得她長得跟森口一點也不像，但笑起來簡直一模一樣。

「對。裡面有巧克力，快點打開來看看吧。」

這本來是我的關鍵台詞啊。渡邊逕自說出來讓我有點生氣，但現在不是發脾氣的時候。馬上就要進入高潮了。森口的女兒摸了絨布做的小棉兔臉幾下，然後拉拉鍊。

來了！嚇一大跳跌坐在地上！……然而根本不是這樣。

啪喇一聲響起的同時，小孩渾身猛地顫抖了一下，好像慢動作一樣往後倒下。閉著眼睛一動也不動。

發生什麼事了？……難道死了嗎？

這個念頭讓我渾身打顫，不由自主地抱住渡邊。

「怎麼搞的？這小孩不動了耶。」

渡邊沒有回答。我慢慢抬眼望去，看見他在笑。打心底滿足的笑容，一點也不古怪。他對著我笑道：

「去跟別人宣傳吧。」

哎？什麼？

我反問。渡邊好像撣灰塵一樣把我的手揮開。「那我先走啦。」他轉身邁步走開。

等一下啊，到底是怎麼回事啊！

我在心裡大叫，卻發不出聲音。渡邊好像想起了什麼，停下腳步回過頭。

「啊，對了，你不用介意是我的共犯，因為我打從一開始就沒當你是夥伴。分明一無是處，只有自尊高人一等，我最討厭這種人了。像我這種發明家看來，你就是個失敗作品。」

失敗作品？失敗作品？失敗作品？等等，渡邊，別丟下我啊！

我想逃走卻無法動彈。渡邊的聲音在腦子裡迴響，眼前一片黑暗。

啊，天已經黑了啊。

學校的鐘聲讓我回過神來。我覺得好像在黑暗中站了好幾個小時，其實渡邊走了大概只有五分鐘。我腦子裡仍舊不斷聽到渡邊臨走時的那句話。

他一定是一開始就要殺人的。我被利用了。但是他利用我做了什麼？

——去跟別人宣傳吧。

只為了這個？要是我把全部的經過跟警察說，渡邊一定會被逮捕的。他想要我這麼做嗎？他想成為殺人犯嗎？不，渡邊的話也不是沒有可能。但是我能無罪嘛？而且要是渡邊跟警察說謊怎麼辦？說他什麼也不知道，說是我找他的，那不就完蛋了嗎？

我低下頭，望著絨布做的小棉兔臉。我看見森口的女兒想買這個不是嗎？我從仰天倒地的小孩脖子上拿下絨布小袋子，用力扔到遠處。

這樣就沒問題了嗎？不會懷疑到我頭上了嗎？就這樣偷偷跑掉，不會被警察抓到嗎？不，不行。要是觸電死亡的話，警察一定會搜捕犯人的。那樣的話渡邊被逮捕只是時間問題。要是他被逮捕之後背叛我的話……

不能猶豫不決了。我別過臉用兩手抱起小孩。比我想像中要重。我設法走到游泳池旁邊，要是不留神好像連我都會掉下去。我小心不讓腳碰到浮著枯葉的骯髒水面，慢慢伸出雙手。

不行，得盡量不發出聲音。

我慢慢蹲下來，設法保持平衡。就在此時小孩的身體微微動了一下，然後她慢慢睜開眼睛。我不由自主地叫出聲來，差點就讓小孩掉到游泳池裡。

她還活著！她還活著！她還活著！

我鬆了一口氣，又想哭又想笑。

——你就是個失敗作品。

完全放鬆下來的我再度聽到渡邊臨走時的那句話。完全把我看扁的態度。他果然是想成為殺人犯，所以才利用我。但是小孩還活著。渡邊的計畫失敗了。

失敗！失敗！失敗的分明是你！連這都沒注意到也太蠢了吧？

我是先迎向慢慢恢復意識的森口女兒的視線，還是先鬆了手呢？我頭也不回地離開游泳池，腳步已經不再顫抖。

我成功地完成渡邊失敗的事了。

神清氣爽醒來的少年。——案發次日。

我下樓到廚房，正在做培根炒蛋的媽媽說：「小直，不得了了，」轉身在餐桌上攤開今早的報紙。地方版正中央稍微下面一點的地方，有一則小小的標題。

四歲兒童到游泳池附近餵狗不慎失足死亡

失足死亡。已經上報了啊。我看了報導，完全被當成是意外事件。太成功了。

「森口老師真慘呢。但是竟然把小孩帶到學校去，真是的。上課怎麼辦呢？就快要期末考了……對了，小直，不說這個。」

媽媽從餐具櫃裡面拿出一個用紅色包裝紙包著、繫上金色緞帶的盒子，放在攤開的報紙上。森口女兒的報導完全被遮住了。

「情人節的巧克力。」

我對著微笑的媽媽展露出喜悅的笑容。

今年二姊也不在家了，巧克力大概只有這份吧。我雖然這麼想，到學校卻在鞋箱發現美月送的巧克力。「總是受你們家二姊照顧」的人情巧克力。我感激地收下。

「小直，看到報紙了嗎？」

美月突然問道，我差點就失手掉了巧克力。「真慘啊！」我這麼曖昧地回道。進入教室也沒有特別吵。大家都在說這件意外。

看來留在學校參加社團活動的傢伙都一起替森口找女兒。發現者是我們班的星野，其他還有幾個人也看到了屍體，大家討論得很起勁。雖然有人在哭，大部分的人卻都有點興奮的樣子。一開始是互相交換情報，到後來就變成炫耀大會了。

我站在門口望著這一幕，突然有人抓住我的手腕，把我拽到走廊上。是渡邊。

「幹嘛多管閒事啊！」

渡邊臉色嚇人地責問我。但是我一點也不怕，還覺得想笑。我死命忍住笑意，甩掉渡邊的手說：

「不要跟我說話，我又不是你的夥伴。啊，昨天的事我沒跟任何人說。要宣傳的話你自己去吧。」

我說完轉身進入教室。坐下來後我也沒參加大家的無聊炫耀。我默默地翻開小說。這是以前功治舅舅推薦的經典推理作品。我已經不是昨天的我了。

因為我完成了渡邊失敗的事。但是我並不想跟他一樣到處宣傳。森口的小孩是意外死亡。要是被人發現是謀殺，兇手也是渡邊。從剛才的樣子看來，他果然是想成為殺人犯。所以警察要是來學校的話，我想他會坦然自首吧。

真是蠢。分明失敗了的說。我這麼想著就覺得自己好像能改頭換面了。

森口休息了一星期後重新回學校上課。關於這次意外事件，她只在早上的小班會說休息了這麼久不好意思。好像是因為感冒休息一樣。

我要是死了的話，媽媽一定會臥床不起，要不就精神錯亂吧！說不定會自殺隨我而去。但是我們班導普通得要命，讓人想可憐她都沒法。反而覺得真是太可惜了。

渡邊應該也這麼覺得。看見森口消沉萬分，渡邊滿意地逕自偷笑，而我在心裡笑他。本來應該是這樣的。

雖然如此，上課的時候還是非常愉快。

老師們看起來好像是平等地對待大家，其實不然。不知道是為了替學生留面子，還是為了讓授課順利進行（我想八成是後者），困難的問題都問聰明的學生。

渡邊總是若無其事地回答問題。就算老師誇獎他，他也一副無所謂的表情。他這種遊刃有餘的態度比以前更誇張了，在我看來更加可笑。

他的表情像是在說，會解這種問題是理所當然的，我幹了更了不起的事呢！他根本不知道自己失敗了，成功的是我啊。

最近老師問渡邊的問題我都覺得很簡單。其實上星期困難漢字的小考我全對了，老師誇獎我了呢。

這樣下去應該不成問題吧？這學期的期末考可能沒辦法，但下次會考得比渡邊好吧？

我深深這樣覺得，不知怎地教室裡的傢伙看起來都一副蠢樣。

我憋著不笑簡直快難過死了。

以顫抖的聲音敘述的少年。——案發後一個月。

森口到家裡來了。最後一天期末考結束，我已經回家了，班導下午打手機給我說：

「到游泳池來有話跟你談。」

被發現了。一定是那件意外。我的心臟怦怦亂跳，拿著手機的手在發抖。要鎮定、要鎮定……。犯人是渡邊。要是去學校游泳池的話我可能沒法保持冷靜，所以要求班導到家裡來。

「渡邊呢……」

切斷電話前我衝口問道。

「我剛剛跟他談過了。」

班導靜靜地回答。我安心地嘆了一口氣。沒事、沒事。犯人是渡邊，我只是不小心被捲入的。

森口突然來家庭訪問，讓媽媽嚇了一跳。我說希望媽媽也在場。如果是媽媽的話一定會仔細聽我說。這樣的話不如讓她一起，媽媽一定會相信我，幫我的。

「下村同學上了中學以後，平常都在想些什麼呢？」

森口如此問道。雖然跟意外沒有關係，我還是全部老實說了。網球社的事、補習班的事、在電玩遊樂場被高中生包圍、老師沒來接我、我分明是被害者為何還要受罰、這實在太悲慘了吧。

班導一直都默不作聲。

「下村同學把愛美怎麼了？」

我說完正在喝紅茶的時候，她壓抑感情靜靜的聲音在客廳響起。我也靜靜地放下茶杯。猛地叫起來的是媽媽。她根本不知道我扮演了什麼角色，就已經開始激動發怒了。我一定是被渡邊利用的，絕對是被害者。

我跟森口說了真相。從放學時他叫我的那天開始，到在游泳池邊抱起森口的女兒為止，全部說了。遭渡邊背叛讓我恨得牙癢癢的，眼淚都流出來了。然後最後我說了謊。

這八成跟之前渡邊跟她說的話相符。森口從頭到尾都沒有插嘴。我說完了她仍舊保持沉默，盯著桌面上某處，放在膝蓋上的雙手緊握。她非常憤怒。真可憐。

媽媽也沒說話。

「下村媽媽。」

過了大概五分鐘，森口終於開口了。她直視媽媽。

「身為人母我恨不得把渡邊同學和下村同學都殺了。但我也為人師表。告訴警方真相，讓兇手得到應得的處罰雖然是成人的義務，但教師也有義務保護學生。警方既然已經斷定為意外，事到如今我也不打算翻案。」

我吃了一驚。她竟然不要報警。媽媽又沉默了一會兒，然後說：「非常感謝您，」對森口深深低下頭。我也一起低頭。這樣就沒事了。

我跟媽媽一起送森口到玄關。她完全沒看我一眼。她生氣也是沒辦法的事，我也沒怎麼在意。

坐在座位上臉色鐵青低著頭的少年。——家庭訪問後一星期。

明天起就放春假了。牛奶時間後森口說要辭職了。老實說我鬆了一口氣。就算殺人的是渡邊，只要她認為我是共犯，每天來上學仍然會讓人坐立不安。

「辭職是因為那件事嗎？」

美月問。那件事，當然是指那次意外。真是多嘴，我想咋舌，但班導好像本來就這麼打算，開始說個不停。

當老師的理由、勸世鮮師的事。隨便怎樣都好啦，快點結束啦。

接著又講什麼信賴關係、手機簡訊、惡劣的玩笑什麼的。二班的男同學來找的話，就讓一班的導師去？現在講這個已經太遲了吧？

單親媽媽、愛滋、女兒在游泳池淹死。我覺得好像脖子慢慢被人勒住。「跟家人一起來買東西的下村同學剛好看到了。」突然提到我的名字，害我不由得反胃。剛喝的牛奶好像又回到喉嚨口了。我正在吞嚥的時候她說。

「愛美的死不是意外，她是被本班的學生殺害的。」

我猛地被人從背後推到冰冷骯髒的游泳池裡去了。沒法呼吸。沒法看周圍。腳碰不到底。死命掙扎也什麼都搆不到……

我陷入妄想之中，眼前一片黑暗，但還沒到昏倒的程度。森口打算說到什麼地步啊！我大口吸氣好鎮定下來。

然後我終於注意到周圍的氣氛，不由得打了個寒噤。大家都盯著森口。連好像聽這話很無聊的傢伙們都兩眼發光。

但是森口卻開始講少年法跟「露娜希事件」。我完全不知道她要說什麼，只覺得呼吸越來越困難。這樣就結束好吧？我的期待立刻就落空了。她開始說小孩的葬禮。因為愛滋而放棄結婚的對象，小孩的爸爸竟然是勸世鮮師，我吃了一驚。

所以勸世鮮師不久於人世，是因為愛滋病發作了。此時我還有餘力想到這些。我還能體驗到抱起小孩時的感覺，不由自主地用手抓住書桌邊緣。要是那個小孩也感染愛滋的話，說不定會傳染到我呢。

隔壁班好像下課了，傳來椅子移動的聲音。森口好像也注意到了。很好，二班也可以下課了。

「想離開的人都可以走了。」

大概是我的祈禱應驗了吧，班導望著大家這麼說。只要有一個人離開我也打算趁勢就走，但是沒有人要走。

森口確認之後再度開言道：

「從現在起我們把這兩個犯人稱為A和B吧。」

說著她開始講少年A。她那種講法任誰一聽都曉得就是渡邊。大家都偷偷地瞥他就是證據。班導故意這樣引起大家的興趣。

然後說到少年B了。內容跟家庭訪問的時候幾乎一樣。那時候一言不發地聽我說，現在卻在大家的面前若無其事地譏笑我。並非只要努力就做得到，而是根本無法努力做到。

說什麼屁話？但現在不是為這個生氣的時候。已經完蛋了。

這次輪到大家偷偷瞥我了。有人臉上帶著嘲諷的笑容，也有人輪流看著我跟旁邊的渡邊。用輕蔑的眼光瞪著我，還有人露出明顯的憎惡。

我會被殺！我會被殺！我會被殺！

去電玩遊樂場被處罰，大家只是不理我而已。但是殺人的共犯一定會被殺。可是壞人是渡邊，我是受害者啊。犯人是渡邊、我是受害者。犯人是渡邊、我是受害者。犯人是渡邊、我是受害者。我在腦中好像念咒似地重複這句話。

「要是渡、呃、要是A再殺人怎麼辦呢？」

小川突然這麼問。這傢伙樂在其中呢。

「說A還會殺人是誤會了。」

我的身體一下子沉到水底。

森口斷言：「殺人的是B（也就是我）。」那種程度的電流不會死人。愛美只是昏過去而已。

被發現了。她來家庭訪問的時候就已經知道了。雖然她好像沒發覺我是故意的，但那無關緊要。人是我殺的，這個事實並沒有改變。

大家都在看我。渡邊是什麼表情呢？我已經沒有餘力確認然後嘲笑他了。我會就這樣被警察逮捕嗎？不，應該不會吧。她說不想把處罰委交法律。那是什麼意思啊？

我慢慢看不見四周了。我掉進的不是游泳池，而是無底的泥沼。我從腳底慢慢陷入，班導的聲音靜靜在我耳邊響起。

「我把今天早上抽的血混入兩人的牛奶裡了。不是我的血。我偷偷讓兩人喝的，不是希望他們都能成為好孩子的『勸世鮮師』，櫻宮正義老師指甲縫裡的污垢，而是他的血……」

勸世鮮師的血、牛奶裡加了愛滋的血？我全部喝完了。這意味著什麼，腦筋不好的我也能充分了解。

死、死、死、死、死死死死死死死死死死死死死死死死死死死死死死死死死死死死死死死死死……我要死了。

我的身體完完全全陷入冰冷骯髒的泥沼中。

在房間茫然望著窗外天空的少年。——復仇之後。

春假。我每天都關在自己的房間裡，望著窗外的天空。

我想從泥沼底部爬出來，逃得遠遠地到乾淨的地方去。到沒人認識我的地方去。要是能在那裡重新開始的話多好啊。

藍天上的白色飛機雲延伸到遠方。到底延伸到哪裡呢？我這麼想著，腦中浮現了一段話。

「內心軟弱的人會傷害比自己更軟弱的人。那被傷害的人除了忍耐或尋死之外就別無選擇了嗎？沒有這種事。你們生活的這個世界並沒有如此狹隘。現在這個地方活不下去的話，到別處避難不就好了嗎？我是這麼想的。逃到安全場所並不丟臉。我希望你們相信這廣闊的世界絕對有自己的安身之處。」

說這種話的，沒錯，自然是勸世鮮師。幾個月前在電視上說的。在這種情況下想起來，真是諷刺。就算我從這裡逃出去，一個中學生要怎麼活下去呢？在哪睡覺吃什麼呢？會有人給逃家的中學生飯吃嗎？有地方肯雇用我工作嗎？現在這世道一文不名要怎樣活下去呢？到頭來大人只能從大人的觀點來衡量小孩的世界。

「我在你們這個年紀，成天離家出走，跟同伴在一起鬼混。雖然如此我從來沒想過要死。……因為有同伴在。」

那是你們那個時代的事吧。現在可不一樣了。根本沒人要同伴，而且這種玩意本來就不存在。到頭來我能活的地方只有這個家。爸爸工作、媽媽守護的這個家。我唯一的安身之處。

爸媽要是感染愛滋病毒可該怎麼辦啊？那樣的話比我先發病，早早死掉的話，我也活不下去了。

絕對不能感染他們。

這是不得不在泥沼中生存的我，人生最後的目標。

活在泥沼中的我成天都在流眼淚。但不是因為難過才流淚。

早上醒來，首先因為今天自己還活著而喜悅流淚。拉開房間的窗簾，沐浴在陽光下，什麼也沒做就可以因為新的一天開始而流淚。

媽媽做的飯菜好吃到讓我流眼淚。我還能在擺滿了我喜歡的菜的餐桌旁吃幾次飯呢？這麼想就淚流滿面。為了紀念我誕生到這個世界上，吃了一口以前討厭的最中餅，竟然好吃到我眼淚都流出來了。為什麼我之前都沒想過要吃呢？

聽到大姊懷孕的時候，新生命誕生的感動讓我流淚。雖然想直接跟一直都對我非常溫柔的大姊說：「恭喜妳，」但我只能自己一人流著眼淚，暗暗祈禱小寶寶健康地生下來。

但是我並不討厭這樣的自己。想到自己大限將至，雖然充滿了恐懼，但我覺得每天都過得比以前充實多了。

我希望這樣的日子能一直持續下去。

春假結束了。

我升上國中二年級，雖然知道這是義務教育我非得去上學不可，但我沒辦法去學校。我是殺人兇手。去學校的話班上同學一定會制裁我。那些傢伙一定會毫不留情地狠狠欺負我。總有一天會被殺。我不能去那種地方。

此外我還擔心一件事。媽媽會讓我就這樣不去上學嗎？從開學當天起我就裝病，但應該已經撐不下去了吧！媽媽是會生氣還是哭呢？兩種我都討厭，但是我絕對沒辦法老實跟她說我不能去上學的原因。

要是媽媽知道事件全部真相的話……

我把渡邊殺害的森口女兒的屍體扔進了游泳池。只是這樣媽媽就已經非常震驚了。要是她知道其實殺害小孩的是我，而且是蓄意的話……要是她知道我成為恐怖復仇的對象，感染了愛滋病毒的話……

她一定會發狂吧。而且要是被斷絕親子關係怎麼辦。我最怕的就是被趕出這個家。那對我而言跟死了沒兩樣。

然後媽媽到我房間來了。

出乎我意料她沒有逼我去上學，只是拜託我去一次醫院。說只要診斷出有心病，就可以慢慢休息。

我生病了嗎？

要是去醫院被發現我感染了怎麼辦？要是媽媽知道了怎麼辦？我擔心得要命。但要是情況不妙的話逃走就好了。總比被迫去上學然後被殺掉要好。

結果我根本不用擔心，醫生很簡單地就開了診斷書。叫做什麼「自律神經失調症」的病。我根本搞不懂。但是全國好像有很多患了這種病不去上學的國中生。聽到這話媽媽似乎頗能認同，不知怎地露出滿意的樣子。總之這樣一來就可以放心不去上學了。我鬆了一口大氣。

離開醫院後我重新環顧四周。早上出門的時候很緊張所以沒想到，其實這是自從那天以來我第一次出門。我對自己能夠正常呼吸感到很驚訝。說不定我雖然不能去學校，但是可以出門呢！

我彷彿試探般地把頭探出泥沼外，深深吸了一口氣，突然瞥見車站前漢堡店的招牌。那個我一瞬間以為渡邊是夥伴的討厭連鎖店。

「吃點什麼好吃的再回家吧。」

媽媽這麼說。我說：「想吃速食店的漢堡。」雖然這也是為了不要散播病毒，但其實有更重大的賭注。

就算不是在購物中心，只要能順利熬過漢堡店，就能從泥沼裡爬出來。

我成天只擔心自己會死，在看見漢堡店招牌之前，根本完全忘了渡邊。話說回來他怎麼樣了呢？一定自己一個人關在那間沒人住的老房子的「研究室」裡，嚇得屁滾尿流吧！想到渡邊那種樣子我覺得滿愉快的。他是自作自受。我想著，大口咬下漢堡。

就在此時有什麼東西濺到我腳邊。

是牛奶！牛奶、牛奶、牛奶……隔壁桌的母女二人……是森口跟她女兒！

她們找上我了。用力把我從泥沼中探出來的頭壓下去了。快住手！快住手！快住手……我的頭再度沉入泥沼中。她們無時無刻都在監視我。不讓我從泥沼裡出來。泥漿灌進我嘴裡。

我衝到洗手間去把泥漿吐出，同時也吐掉了渡邊的身影。

從窗簾縫隙間偷看來訪者的少年。——復仇之後約兩個月。

從去醫院以後我就沒法出門了。我想在家中過著平靜的生活。最能安心的地方就是不用害怕會散播病毒的自己的房間。

我每天在網路上看漫畫，自己想像漫畫的後續情節，用媽媽替我買的日記本寫日記。雖然打掃很煩，但其實總比成天無所事事要輕鬆。

就在這時候那些傢伙出現了。叫做寺田的新任班導跟美月。他們帶了各科目的影印筆記來。媽媽請他們到客廳，就在我房間的正下方。他們講什麼我聽得一清二楚。媽媽對著寺田大肆說森口的壞話。

「伯母，直樹的事就交給我吧。」

我聽見寺田自信滿滿地這麼說，幾乎忍不住要大叫。

不要管我！

我吞下幾乎要衝口而出的話，突然感到非常不安。

老師都不能信任。他絕對是裝出親切的樣子要騙我去學校，然後讓大家殺掉我。寺田搞不好是森口的學生，他們可能是一夥的。他說不定裝出擔心的樣子到家裡來觀察情況，然後去跟森口報告。美月也不能信任。曾經有謠傳說她是老師的眼線呢。森口雖然復了仇，但覺得那樣果然不夠，還是計畫現在就要殺了我也說不定。他要是來探路的該怎麼辦啊！媽媽好像很喜歡寺田。要是他討了媽媽歡心，上樓到我房間來該怎麼辦啊！我會被殺的。對了，媽媽說了好多森口的壞話，要是他去轉告該怎麼辦啊！

「沒神經的臭老太婆，不要隨便胡說八道！」

媽媽很高興地到我房間來，我對她大吼還拿字典丟她。媽媽完全愣住了。我第一次用這種反抗的態度對她。關上門我哭了。但是除此之外我想不出該怎麼保護自己。

寺田每個星期都跟美月一起來。每次我都陷入恐懼之中。媽媽沒再讓他們進家裡來，但也沒叫他們不要來。這到底要持續到什麼時候呢！

我害怕離開房間。就算關在房間裡，我也覺得森口、寺田、美月，甚至連網球社的顧問戶倉都站在外面，嚇得我魂不守舍。

大家都想殺掉我。

要是我在網路上看漫畫被發現了，就會被殺。要是森口的話，八成可以立刻逮到我在哪裡上網吧！要是寺田在客廳裝了竊聽器該怎麼辦！森口絕對不會原諒一面說「好吃」一面吃飯的我。

我被監視了。

什麼事也不能做。我關在自己的房間裡，茫然望著牆壁。白色的牆壁上映出那次事件的影像。雖然想別開視線，但好像有人不允許。

這一定是森口的怨恨作祟。

整天望著牆壁的生活。星期幾、現在幾點都搞不清楚。吃東西也都沒有味道。雖然害怕死亡，卻沒有活著的感覺。

我到底是不是還活著呢？

在鏡中看見很久不見的自己。不忍卒睹的骯髒樣子。但這是「活著」的證明。頭髮在長長。指甲在長長。污垢堆積在皮膚表面。我還活著。眼淚流出來了。停不下來。

我還活著、我還活著、我還活著！

長頭髮跟長指甲，以及骯髒的樣子，就是我活著的證明。遮住眼睛耳朵的頭髮也遮住了我的表情、替我抵擋了那些傢伙，然後告訴我，我還活著。

生命的源頭不是心臟，而是頭髮。

茫然望著黑色物體的少年。——復仇之後約四個月。

我從全身動彈不得般的睡眠中醒來，枕頭旁邊散落著黑色物體。

這是什麼啊？……

我晃晃沉重的頭，伸手拿起來看。黑色物體用手一搓就散開成絲狀掉落。我恐懼地摸上自己的頭，手直接碰到耳朵。

頭髮沒了……。這是我的頭髮。我的頭髮，我的命！我的命！我的命！

泥沼的底部開始融解。我的身體慢慢沉下去。泥漿灌進我的眼睛鼻子嘴巴。好難受、好難受、無法呼吸。

死、死、死、死、死、死、死、死、死死死死死死死死死死死死死死死死死……。

我不想死、我不想死、我不想死、我不想死我不想死我不想死我不想死……。

不要、不要、不要、不要、不要不要好可怕好可怕好可怕好可怕好可怕……。

誰來救我啊……。

我醒來的地方不是天堂。雖然到處一團糟，但的確是我的房間沒錯。我還活著。我還在呼吸。我的手腳都可以動。不，我真的還活著嗎？

離開房間下樓，媽媽趴在桌上睡著了。這裡果然是我家。我進入浴室，盥洗台上方的鏡子映出我的身影。

原來如此。我之所以沒有死是因為活著的證據還留著。

我從抽屜裡拿出從小學時代就開始用的電剃刀。直到上中學前頭髮都是媽媽幫我剃的。我按下開關，剃刀發出悶悶的嗡嗡聲。我把剃刀輕輕抵在前額上。刀刃下一點的油膩頭髮落在腳邊。在此同時我心中也消失了一點什麼。原來如此。活著的證據就是死亡的恐懼。這樣的話爬出泥沼的方法只有一個……。

這次我用力壓下剃刀。靜靜的震動在我聽來就像是生命從我身上流失的聲音。

我把頭髮剃光，接著是剪指甲，然後淋浴把身上的污垢洗掉。我重複用肥皂跟浴巾擦洗，污垢像橡皮擦屑一樣掉下來。活著的證據從排水溝流掉了。

我怎麼還沒死呢？

活著的證據全部離開了我的身體，但我還在呼吸。我不知道到底是怎麼回事。然後我突然想起了幾個月以前看過的影片。

啊，原來如此。我變成殭屍了。殺也殺不死的殭屍。而且我的血還是生物兵器。這樣的話把鎮上的人都變成殭屍的話，一定很好玩。

我用手一個一個摸便利商店架子上陳列的商品。我的手碰到的地方都染上了鮮紅的血。

血、血、血、鮮紅的血……

我本來毫無感覺的，望著傷口的時候突然開始感到悸痛。我隨手用店裡賣的繃帶把手包起來。

來接我的是媽媽。媽媽對便利商店的店長和店員不停低頭道歉，然後把沾到我的血的商品全買下了。

回家的路上太陽已經西下，但陽光還是強得刺眼。我瞇起眼睛，一面走一面擦拭臉上的汗水。我覺得死亡的恐懼跟活著的證明都不重要了。捲著繃帶的手又癢又痛，肚子也餓了。

真的、真的、好累……。

我瞥向旁邊的媽媽。她沒有化妝，衣服也跟昨天一樣。家長參觀日的時候媽媽很在意自己老了，我根本一點都不覺得。媽媽比誰都漂亮。但這是我第一次看見媽媽沒化妝。她兩手分別提著兩個便利商店的袋子，沒辦法擦拭鼻尖的汗。我死命忍住即將奪眶而出的淚水。

我誤會媽媽了。我以為她不會接受不符合她理想的孩子。但是媽媽連變成殭屍的我都接受了。

跟她說實話吧。然後讓她帶我去警察局。要是媽媽等我的話，就算處罰有點難受我一定都能忍耐。變成殺人兇手的我只要有媽媽在，一定可以重新來過。

但是我不知道該怎樣表達現在的心情。直接說出來就好了，但要是被拋棄了怎麼辦呢？我還是有點不安。

騙——人。

要是情況不妙，我希望能這樣說了就跑。所以我打算就以殭屍的樣子跟媽媽坦白自己犯的罪行。

我跟媽媽說被森口報復之事的時候，有了重大發現。

到底有沒有感染其實還不知道啊！就算感染了，什麼時候會發病也不知道啊！我到底一直在怕什麼呢？

泥沼的水漸漸清澈起來了。

我沉浸在解放感中，告訴媽媽我故意殺了森口的女兒。那天在游泳池畔感覺到的優越感又回來了。

媽媽聽到我的告白，顯得相當震驚，沒有說：「我們去警察局吧。」但是她也沒有排斥我。那一點點的不安也消失了，我好高興。

「小孩醒了你還把她丟進去，是因為很害怕吧？」

媽媽反覆問我。「不是那樣的。」我在心中回答。幾乎是媽媽理想的那個傢伙做失敗的事我成功了。這句話我果然還是說不出來。

我為了不讓媽媽擔心，用撒嬌的語氣不停告訴她我已經準備好要去警察局了。

那些傢伙又來了。寺田跟美月。但是我已經不害怕了。反正怎樣都無所謂。

「直樹，你在的話聽我說！」

寺田在家門外熱切地大叫。我在窗邊坐下，心想今天就聽聽他要說些什麼吧。

「其實這一學期痛苦的不只是你。修哉也非常難受。他被班上同學欺負了。非常惡劣的欺負手段。」

他說什麼？渡邊有去上學？一直都有去？也沒被殺？

「……大家明白了我的苦心。」

這表示雖然有被欺負，但是已經解決了？

寺田之後的話我都沒聽進去。取而代之的是渡邊在游泳池旁說的話。

──我打從一開始就沒當你是夥伴。分明一無是處，只有自尊高人一等，我最討厭這種人了。像我這種發明家看來，你就是個失敗作品。

那傢伙一定打心底輕蔑我成了家裡蹲，在嘲笑我。

我躲在黑暗的房間裡，縮在床上咬牙切齒。我不知道該如何發洩這股怒氣。原來害怕死亡躲在家裡的只有我。我會碰到這種事分明是渡邊的錯。他都有去上學。我心中充滿說不出來的挫敗感。

就算媽媽不跟我去，明天我也要去警察局，全部說個清楚。渡邊的刑罰可能會比我輕，但要是知道那個小孩是我蓄意殺的，他一定會後悔萬分。我想看他的表情。我想嘲笑他。

我聽見上樓的腳步聲。是媽媽。或許她會說：「明天去警察局吧。」我高興地從房間出來，在樓梯前等媽媽。但是……

上樓來的媽媽手裡握著菜刀。

這是怎麼回事？

「這是什麼，不去警察局嗎？」

「不去。小直，就算去了也沒法重新開始了。小直已經不是以前善良的小直了。」

媽媽流著眼淚說。

「要殺我嗎？」

「跟媽媽一起去外公外婆那裡吧。」

「妳雖然這麼說，但是只要殺我吧？」

「怎麼可能！」

媽媽抱住我。我第一次發現自己已經比媽媽高了。跟媽媽一起的話死也無所謂。我感到不可思議的安詳。

媽媽、媽媽、唯一了解我的人……。

「小直是媽媽的寶貝……。小直，對不起。你變成這樣都是媽媽的錯。我沒有好好教育你，對不起。我失敗了，對不起。」

失敗了對不起。失敗了、失敗……失敗作品！失敗、失敗、失敗、失敗失敗失敗失敗……。

媽媽放開我，伸手摸我的頭。溫柔地撫摸我的媽媽。媽媽臉上的表情非常悲傷。

「我失敗了，對不起……」

不要這樣、不要這樣、不要這樣！我不是失敗作品！我不是失敗作品！

溫暖的東西濺到臉上。

血、血、血、這是媽媽的血。……我刺到媽媽了？

媽媽纖細的身體就這樣滾下樓梯。

等等、媽媽！不要拋下我！媽媽！媽媽！媽媽！媽媽！

……帶我一起走啊。

＊

白色牆壁上映出的影像總是在這裡結束。這個愚蠢的少年到底是誰啊！為什麼我好像了解這個少年的心情呢？

對了，剛才有個說是我姊姊的人來過，在房間外面跟我說話。

「小直什麼也沒有做呢。只是在做噩夢而已。」

她叫我「小直」。用跟影像裡那個愚蠢的少年同樣的名字叫我讓我感到不爽。只不過要是我真的叫做「小直」的話，噩夢就是那段影像囉。

這樣一來這就是夢……

是夢的話就快點醒來，吃完媽媽做的培根炒蛋，該去上學了。

第五章　信奉者

遺書

幸福就像虛無縹渺的肥皂泡泡。——國中二年級男生的遺書用這句破題會不會太噁心了點？

唯一愛的人棄我而去的那天晚上，要洗澡的時候發現連沐浴精的罐子都空了。人生就是這樣。我沒辦法只好在沐浴精的瓶子裡灌了足夠洗一次分量的水，用力搖晃，半透明的瓶子裡充滿了小小的泡沫。

那個時候我就想，這就是我。稀釋了一無所有的空殼中僅存的幸福殘骸，變成滿滿的小泡沫。即使知道這全是空洞的幻象，但總比一無所有要好。

八月三十一號。今天我在學校裝了炸彈。遙控引爆裝置的開關是手機簡訊的送出鍵。裝在炸彈裡的手機只要震動就會引爆。我特地去新辦了一支手機，只要知道號碼，誰的手機都可以引爆，連打錯的電話也會在五秒之內，砰！

炸彈裝在體育館舞台中央的講台裡面。

明天是第二學期的開學典禮，全校學生都會在體育館集合。我預定要接受表揚。昨天班導寺田打電話來說我第一學期寫的作文獲得全縣第一名，告訴我在開學典禮上表揚的程序。

我上台接受校長頒發的獎狀之後，就代替校長上講台，朗讀自己的作文。但是我不會做那種沒意義的事。我會發表一段短短的告別辭，然後按下手機按鍵——

一切都灰飛煙滅。還拉上一堆沒用的廢物墊背。

這次前所未聞的少年犯罪，電視台會緊咬著不放吧？媒體會大為騷動吧？這樣的話我會被視為怎樣的人呢？要是把「內心的黑暗」這種陳腐言詞跟老套的想像套在我身上的話，不如就公開這個網頁。可惜的是因為我未成年而不能公開真實姓名。

大家到底想知道犯罪者的什麼呢？成長過程、隱藏在內心的瘋狂念頭，說穿了還是犯罪動機吧？這樣我就針對這一點來寫了。

我了解殺人是犯罪。但我不能了解這為何是壞事。人只是地球上無數生物之一。為了得到某種利益而消滅某個物體的話，那也是沒辦法的事不是嗎？

就算我這麼認為，學校出了「生命」這個作文題目的話，我還是能比全縣所有中學生寫得好。

我引用了杜斯妥也夫斯基的《罪與罰》裡「被選中的非凡人物為了新世界的成長，有超越現行社會規範的權利」，然後使用「生命的尊嚴」等詞彙，用中學生的口吻主張這個世界上沒有能被認可的殺人行為。原稿用紙五張，半小時不到就寫完了。

我要說什麼？我要說的就是用文章表現的道德觀，單純只是教育的學習成果而已。有人本能覺得殺人是壞事嗎？這個信仰薄弱的國家裡大部分的人，因為從懂事開始就被灌輸這種觀念，所以才根深柢固了不是麼？正因為如此才會認為殘忍的犯罪者當然該判處死刑。連這裡面的矛盾都看不出來。

但是非常罕見地，也有在接受了教育之後，不顧自己的地位跟名譽，主張就算是犯罪者生命也一樣寶貴的人。到底要接受怎樣的教育才能培養出那種感性呢？從出生開始就每天晚上聽歌誦生命尊嚴的故事（有這種玩意嗎）？要是這樣的話我可以理解為何自己沒有這種感性。

因為我從來沒聽過母親給我講故事。她有陪我睡。但每天晚上聽的都是電子工程學的話。電流、電壓、歐姆定律、基爾霍夫定律、戴維寧定理、諾頓定理……。母親的夢想是成為發明家。要製造能夠消除任何癌細胞的機器。她的故事總是以這句話作結。

一個人的價值觀跟標準是由成長環境決定的。而判斷他人的標準是依據自己最初接觸的人物而定，我想這個人通常都是母親。比方說同一個人物A，由嚴格的母親養出來的人會覺得A很溫和；但由溫柔的母親養出來的人就會覺得A很嚴格。

至少我的標準是我母親。但是我還沒碰到過比她更優秀的人。也就是說死了會令人感到可惜的人，我周圍一個也沒有。很遺憾這包括了我父親。他就是個爽朗的鄉下電器行老闆。雖然並不討厭，但也沒有活著的價值。

不管多麼聰明的人都有低潮的時候。也有雖然不是自己的錯，卻被別人牽連的困頓時期。母親就是在這種時候遇見父親。

母親是歸國子女，在日本頂尖的大學讀電子工程博士。她研究的最後階段碰上了很大的阻礙，就在此時還發生了車禍。

她參加學會活動從外縣市的國立大學回東京的時候，夜間客運巴士的駕駛打瞌睡，車輛翻落到山崖底下，死傷人數超過十人，非常嚴重。父親搭乘同一班巴士要去參加學生時代朋友的結婚典禮，他把撞到頭失去意識的母親從車上拖出來，送上最先到達現場的救護車。

兩人因此相識結婚，生下了我。不，順序說不定相反。母親沒有完成研究題目，只修畢了課程，完全沒有發揮之前磨練的才能，就這樣到鄉下來定居。

這在某種程度上或許可說是她的復健時期。

母親總是在越來越冷清的商店街電器行一角，用簡單明瞭的方式把她擁有的知識教給我。有時拆開小鬧鐘、有時分解大電視，告訴我發明沒有盡頭。

「阿修是非常聰明的孩子。媽媽無法完成的夢想就只能交給阿修了。」

母親一面這麼說，一面用連小學低年級生都能理解的話，反覆解釋她沒有完成的研究時，說不定靈光一現。她瞞著父親寫了論文，送到美國的學會。那時我九歲。

過了沒多久，母親以前研究室的教授就來勸說她回大學去。我在隔壁房間偷聽，有人肯定她優秀的才能讓我非常高興，甚至勝於母親可能離開的不安。

但是母親拒絕了。她說自己要是還單身的話隨時都可以回去，但現在沒法拋下孩子離開。

她因為我而拒絕了人家。這讓我十分震驚。我扯了母親的後腿。別說我是個沒有存在價值的人了，好像連自己的存在本身都被否定了一樣。

有個詞叫做斷腸之思，我想當時母親應該是抱著這種心情拒絕了邀請吧。強行壓抑的情緒直接朝著我發洩。

「要是沒有你就好了。」

她這麼說，開始每天打我。青菜沒吃完、考試犯了小錯、關門太用力……。隨便什麼理由都無所謂。她只是不能原諒我存在她眼前這個事實吧。

每次被打，我都覺得身體裡的空洞又擴張了。

但是我從沒想過要告訴父親。我並不討厭他，但他什麼事都讓母親決定，自己一副沒事人的樣子輕鬆度日，看著看著就慢慢瞧不起他了。

當然我就算臉腫起來、手腳淤血，也從不憎恨母親。因為她情緒失控當天的晚上，一定會到我房間來，我假裝睡著，她會溫柔地撫摸我的頭，一面哭著說：「對不起、對不起。」這讓我怎麼憎恨她呢？

母親離開房間以後，我把臉埋在枕頭裡飲泣。唯一愛的人因為我而痛苦，這讓我非常難過。

那個時候我第一次想到死。

要是我死了，母親就能充分發揮她的才能，完成多年以來的夢想。我在腦中演練所有能想到的自殺方法。衝到公路上的卡車前面。從小學的屋頂跳下來。用刀刺進心臟。不管哪種都是醜惡不像樣的死法。想起前年冬天在醫院病床上安詳去世的阿嬤，就覺得不如生病死掉算了。

就在我絞盡腦汁思索死法的時候，雙親離婚了。我才十歲。父親發現母親虐待我。好像是商店街的鄰居告訴他的。母親完全沒有辯解，決定手續辦完就離家。我雖然知道母親不會帶我走，但還是感到撕心裂肺般的難受，眼淚流個不停，身體裡好像完全空了。

決定離婚之後，母親就不再打我了。相反地一有空就憐愛地撫摸我的臉和額頭。吃飯的時候都做我喜歡的菜。包心菜捲、焗烤、蛋捲……手巧的她做的菜比任何餐廳都好吃。

離別的前一天我們倆最後一次一起出門。她問我想去哪裡，我無法回答。一開口好像眼淚就會掉下來。結果就到鎮外國道旁新蓋好的購物中心。

母親在那裡買了幾十本書跟最新的遊戲機給我。遊戲機是為了排遣當時的落寞而買，遊戲軟體她讓我選自己喜歡的。但是書全部是她選的。

「這些書現在對你可能還有點難，等到上中學的時候再看吧。全部都是對媽媽的人生有重大影響的書。阿修流著媽媽的血，一定也會被感動的。」

她如是說。杜斯妥也夫斯基、屠格涅夫、卡繆……看起來一點都不有趣，但沒關係。流著媽媽的血。有這句話就夠了。

最後的晚餐是漢堡。母親雖說要吃更好的東西，但我要是不到輕鬆熱鬧的地方，就沒法忍住眼淚。

買的東西用宅配服務送回，我們牽著手走上回家的路。靈活地使用螺絲起子的手。製作好吃漢堡的手。用力搧我耳光的手。以及溫柔地撫摸我的頭的手。今天之前我不知道手能傳達這麼多的回憶。我已經到了極限了。腳踏出一步眼淚就流了下來。我用空著的那隻手死命拭淚。媽媽開口說：

「阿修，媽媽答應以後不能見你，也不能打電話或者寫信給你。但是媽媽會一直想著阿修的。就算我們分開了，阿修也是媽媽唯一的孩子。阿修要是發生什麼事，媽媽就算破壞約定也會趕來的。阿修也不要忘記媽媽喔……」

母親也哭了。

「真的會來嗎？」

母親沒有回答，只停下腳步，用力緊緊抱住我。這是一無所有空虛的我，最後的幸福——。

隔年，父親再婚。我十一歲。

再婚的對象是他中學同學，長得不壞，但是笨得不得了。跟電器行老闆結婚，卻連三號電池跟四號電池都分不出來。但是我並不討厭這個人。

因為她知道自己很笨。不會的事就直說不會。客人要是問了什麼困難的問題，她不會含糊蒙混過去，會好好地記下來，問過父親之後再回客人電話。讓人佩服的笨法。所以我帶著敬意叫她：「美由紀阿姨」。當然也從沒做過肥皂劇裡常見的欺侮繼母、反抗繼母之類的無聊事。我替她在網路上標便宜的名牌貨、替她拿東西、出門買晚飯等等，我覺得我挺努力的。

家長參觀日她來學校，我也並不討厭。我沒告訴她，她不知道從商店街上什麼人那裡聽說了，我在課堂上轉過頭，一眼就看見美由紀阿姨站在家長前排中央。她用手機拍了我在黑板上解開其他同學不會的數學題，回去給父親看，老實說我很高興。

我們也會跟父親三個人一起去唱卡拉ＯＫ、打保齡球。我覺得自己好像也慢慢變笨了，但當笨蛋意外地很輕鬆愉快，愉快到我覺得就這樣成為笨蛋家庭的一員也不錯。

父親再婚半年後，美由紀阿姨懷孕了。笨蛋跟笨蛋的婚姻，生下笨蛋小孩的機率是百分之一百，但是寶寶跟我有一半的血緣，我也很期待會生下怎樣的寶寶。這個時候我以為自己已經完全成為笨蛋家庭的一員。但是只有我一個人這麼想。預產期前一個月，訂購嬰兒床的時候美由紀阿姨說：

「我跟爸爸商量過了，讓修哉到阿嬤的房子那裡去念書。寶寶出生以後哭的時候會吵到你的。沒問題，電視冷氣什麼的都會裝好。很棒吧。」

他們已經決定好了，沒有我插嘴的餘地。

第二個星期我房間的東西就用店裡的小貨車幾乎都搬到阿嬤在河邊的舊平房。空出來的房間裡，能照到太陽的窗邊放著嶄新的嬰兒床。

一個小泡泡，啵地一聲破掉了。

這個鄉下小鎮沒什麼明星學校可上，我預定要上離家最近的公立中學，根本用不著考試。學校的功課不管是哪一門，教科書看一遍，我就知道這裡大概是要學生學到這種程度吧，然後我就完全掌握這個階段的內容，不再深入下去。

換句話說，我根本不需要專門有個地方念書。但是他們既然要給我也沒辦法。母親買給我的書本來是上中學以後才要看的，為了有效地利用時間跟空間，我就早一步開始看了。

我不知道《罪與罰》、《戰爭與和平》給了母親怎樣的影響。我跟母親流著同樣的血，那我閱讀時的感覺應該也是母親的感覺吧。母親選的書果然沒錯。我不斷反覆閱讀。看書的時候就像是跟遙遠的母親共處一樣。這對孤獨的我而言是小小的幸福時刻。

我沉浸在母親的回憶中，檢視這間當電器行倉庫用的房子。這裡簡直是寶庫，各種工具都有，沒在使用的家電也到處都是。我找到了一個鬧鐘。以前母親曾經拆開來給我看過的那個。

這個鬧鐘裝上電池也不會動，我想修理看看，打開來發現只不過是接觸不良而已。我在修理的時候想到了個有趣的主意。於是第一號發明：逆轉時鐘就誕生了。長針、短針跟秒針都逆轉。讓人有時光倒流錯覺的時鐘。從時鐘的針指到零點的時候開始，我就把這裡叫做「研究室」。

用心製作的逆轉時鐘，周圍的反應十分冷淡。所謂周圍就是要我消掉小電影馬賽克的同班笨蛋同學。先是盯著看了半天也看不出個所以然，連針在逆轉都沒發覺。沒辦法只好明說，說了之後的反應也不過就：「啊，真的耶。」說：「咦，好好玩，」或者問：「怎麼弄才會這樣？」的人一個也沒有。對笨蛋來說，眼睛看到的，只跟自己有直接關係的就是一切，完全不會想知道任何內情。所以才會這麼笨。真無聊。

給父親看了他只說：「壞掉了嗎？」他一心都在剛出生的兒子身上，嬰兒跟他一樣長得一副笨蛋臉。

沒有任何人讚賞的悲哀發明。對了，讓母親看的話她會說什麼呢？只有她一定會稱讚我的。我一開始這麼想就無法壓抑了。

要怎樣才能讓她看到呢？她的住址或電話號碼我都不知道。我只知道她上班的大學。於是我設立了自己的網頁，就是「天才博士研究所」。要是在那裡公開發明的話，說不定哪天母親會來留言。我抱著淡淡的期待，到大學網站的留言欄上寫了自己的網址跟留言。

這裡有喜歡電子工程學的天才小學生的有趣發明。請一定來看看。

但是不管怎麼等都沒有像是母親的人來留言。來留言的全是同班的笨蛋。連消除小電影馬賽克的事也寫上，引來了一堆變態。還不到三個月，網頁就成了笨蛋的口水版。我想打斷他們，讓他們後悔到這裡來，就貼了死在河邊的野狗屍體。沒想到笨蛋們更為高興，連精神有點不正常的傢伙都來留言了。雖然這樣我仍舊不想關閉網頁，因為我不想放棄這絲渺茫的希望。

我上了中學仍然繼續從事發明。一年級的班導師是教理科的女老師。她不跟學生有非必要以上的接觸，讓我對她稍微有點好感。我自己都覺得滿難得的。我想讓她看看我的發明。

我立刻把剛完成的自信作品「嚇人錢包」拿給她看。她會有什麼反應呢？我充滿期待，但獲得的只有老太婆的歇斯底里。

「為什麼做這種危險的東西？要拿來幹什麼？殺死小動物嗎？」

大概有笨蛋去網頁看過了吧。班導竟然把這當真，簡直比那些人還笨。我對她的感覺只有失望兩個字。

但是在那之後絕妙的機會出現了。「全國中學科展」。貼在教室後面布告欄上的簡章有全國大會審查員的名稱跟頭銜。六名評審中有著名的科幻作家跟前演藝人員市長，但吸引我注意的是別的人物。瀨口喜和，他的名字不重要，重要的是頭銜。K大學理工系電子工程學教授。那是媽媽任職的大學。

要是我的發明得獎了，媽媽說不定會聽說。她聽到名字會吃驚吧。兒子用她教的知識得獎她會高興吧。然後她會恭喜我吧。

我拼了全力。我本來就很能集中精神，但那樣專心致力於一件事還是第一次。首先要加強錢包本身，加上解除功能。我認為國中高中生程度的比賽重視的是報告，而不是作品的品質本身。我也考慮了表現的方式。叫做「嚇人錢包」就像是惡作劇的玩意而已。這樣不行。對了，防盜的話如何？設計圖跟解說好好做，但是動機跟說明要像中學生。不要用打字，手寫的更好。完成的作品以國中一年級的學生來說應該算得上完美無瑕了。

但是我碰到了一點小障礙。報名需要指導老師簽章。我要班導蓋章，她面有難色。她可能還在介意網頁上的東西，真讓人驚訝。我挑釁說：「我做這個是為了伸張正義。老師覺得這是危險的東西。那我們讓專家判斷誰對好了。」她就蓋章了。

結果一切如我所料。暑假的時候，「嚇人錢包」參加了名古屋科學博物館舉行的全國大賽，獲得第三名特別獎。沒得到第一名雖然有點遺憾，但我沒想到得第三名也讓我這麼高興。得獎者都會獲得評審的個人評語，而給我評語的就是那個瀨口教授。而且他竟然就是當年來把母親帶回大學的人。

「渡邊修哉同學，你真厲害。我都做不出這種東西。我看了你的報告，你應用了很多中學裡學不到的知識呢。是學校老師教你的嗎？」

「不是。……是母親教我的。」

「啊，母親教的。你的家庭環境真是非常優秀。以後也要繼續努力，發明更多有趣的東西喔。」

我把希望全部寄託在這個確實認識母親，稱呼我全名的教授身上。請跟和你一起上班的母親提起今天的事吧。不說也沒關係，把印著得獎者資料的小冊子放在她看得見的地方就好。

我接受了當地報社記者的訪問。就算報紙刊登了關於我的報導，母親說不定也看不到。但她要是知道我得獎了，或許會在網路上查詢而看到報導吧。我這麼期待著。

我接受訪問的那天，在我完全沒聽過的城市發生了一件少年犯罪。「露娜希事件」。中學一年級的女生在家人的飯菜裡下各種各樣的毒，然後觀察結果記錄在部落格上。那個時候我還有點佩服，這世界上還有能想出有趣花招的傢伙呢——

暑假剩下的時間我都在等待母親的聯絡，但沒有一點消息。母親不知道我的手機號碼。我為了能隨時接到她的電話，不顧美由紀阿姨坐立不安，不去「研究室」，一整天都待在家裡。我不停地用店裡的電腦檢查郵件，有點動靜就去看信箱。

店裡的電視上成天都在炒作「露娜希事件」。露娜希的家庭環境、在學校的情形、成績、社團活動、嗜好、喜歡的書、喜歡的電影……。只要打開電視，不想知道露娜希的情報都不行。

跟這正好相反，我參加科展得獎的事母親知道了嗎？我甚至想像瀨口教授跟母親在大學的餐廳一起喝咖啡的場面。

「之前科展的時候有個孩子的發明很有趣喔。他叫做渡邊修哉……」

真夠蠢。他們才不會聊這種事呢。大家一定都在談「露娜希事件」吧。露娜希事件炒得越厲害，我就覺得身體中的泡泡一一破滅。做了好事上了報紙，母親也沒注意到。要是、要是我也成為罪犯的話，母親會不會趕來呢──。

以上就是我的「成長過程」、「隱藏在內心的瘋狂」，跟「動機」。正確來說是最初的「犯罪動機」。

犯罪也有各式各樣的。順手牽羊、竊盜、傷害……。就算犯下半調子的罪行，也不過是被警察跟老師說教而已。而且這種程度的話，一起被關注的是父親跟美由紀阿姨。這樣的話根本毫無意義。

我最討厭無意義的行動。要犯罪的話，一定得要是震驚社會，讓電視跟平面媒體大肆報導的案子不可。這樣一來果然得殺人了。拿家裡廚房的菜刀揮舞，沿著商店街大叫狂奔，刺死熟食店的阿姨當然也會被大肆報導，但這樣責任還是只能追究到父親跟美由紀阿姨頭上。

媒體要是報導我人格形成的影響是那兩個人的話就沒意義了。要是把他當家人一樣接受，不讓他到別的地方念書就好。父親要是說出這種話讓全國報導的話就太丟臉了。

不是這樣的。要是媒體報導責任在母親身上，她就會趕來吧。案子發生之後，輿論的目光必須集中在母親身上。我跟母親共有的東西，那就是才能。也就是說我犯下的罪行一定要跟母親遺傳給我的才能相關。這樣的話——就用我的發明得了。

要不要新做一個呢？不，已經有了最合適的作品了不是嗎？「嚇人錢包」。頒獎的時候瀨口教授說了。

「是學校老師教你的嗎？」

我這麼回答。

「不是。……是母親教我的。」

發生殺人案的話，凶器當然會成為焦點。刀子或金屬棒太無聊了。露娜希事件的氰化鉀跟各種藥物，說穿了也不過就是從網路上買的、從學校裡偷出來的現成東西而已。借刀殺人完全和本人的才能扯不上關係。

凶器要是少年犯自己發明的話，大家會有怎樣的反應呢？而且那還是「全國中學生科展」這種健全青少年比賽的得獎作品，媒體一定會大為騷動。給獎的評審可能都會被牽連。這樣一來瀨口教授就會說少年的技術是母親教的吧？

就算這種可能性很低，開電器行的父親也很可能會受到世間質疑，為了轉嫁責任他說不定會把母親抬出來。話說回來與其這樣東想西想，我自己說出來不就好了嗎？

從懂事開始母親就教我電子工程學，從來沒給我講過「桃太郎」、「鶴的報恩」之類的故事。

我想這種發言會引起不小的爭議。母親會跟我說什麼呢？一定會說：「阿修，對不起，」然後跟那時候一樣緊緊抱住我吧。

凶器決定之後就是目標了。我這個鄉下小鎮國中生的活動範圍只有自家、「研究室」、學校這三個地方及其周邊。之前說過了，要是在自家，特別是商店街附近犯案的話，就算凶器是我的發明品，責任也不會追究到母親，而是父親頭上。「研究室」周圍沒人住。雖然可以拿到河邊玩的小孩當目標，但那裡是危險場所，小孩不會定期來玩耍，不適合計畫性犯罪。這樣的話只有學校了。學校發生殺人案，媒體也一定會大肆報導。

那要殺誰呢？其實誰都可以。我對鄉下的笨蛋本來就沒興趣，班上同學的名字我幾乎都不知道。不管是老師或者學生，媒體都會趨之若鶩吧。

中學男生殺害老師！

中學男生殺害同學！

不管哪種情況說有魅力都很有魅力，說無聊也都很無聊。

一般來說，人到底什麼時候才會想要殺人呢？坐在我隔壁的傢伙上課的時候在筆記本上猛寫「去死」。毫無長處沒有生存價值的不是你嗎？讓人非常想這麼吐槽的傢伙，到底想要誰去死呢？我覺得讓他選目標說不定不錯。

但是我之所以跟他搭訕並不是只因為這個原因。是因為這個殺人計畫需要有證人。就算殺了人，沒人知道的話就沒意義。但是自首太蠢了。所以得要有人參與我的計畫，跟警察、媒體作證才行。

並不是誰都可以。首先律己甚嚴、到處發揮正義感的傢伙就不行。為了要見證計畫的各階段，可能會跟大人透露的傢伙也不行。「不可以殺人喔！」會這樣說教的傢伙當然更不用提了。

接著，滿足於現在生活的人也不行。那種傢伙全都在看見似乎比自己不幸的人的時候就會同情人家。「喂，為什麼想殺人呢？有什麼不愉快嗎？跟我說說好嗎？」要是給人這麼問可怎麼辦？你只是想爽一下而已吧！

這些傢伙很容易理解。同班同學的個性花一星期觀察就大概都能分辨出來。

一定要小心笨蛋。而且是搭順風車的笨蛋。比方說看到小電影的馬賽克除去了，就像那是自己辦到的一樣到處宣傳的笨蛋。只不過去網頁看上面的動物屍體照片，就覺得自己好像是凶惡少年的同夥一樣的笨蛋。會到處去說自己是共犯的傢伙絕對不行。

理想的人選是雖然是笨蛋，但內心積蓄著不滿的膽小鬼。下村直樹完全符合這個條件。

二月初，「嚇人錢包」升級成功。實行計畫的時機終於到了。

我雖然跟下村幾乎沒說過話，但親切地跟他搭訕，稍微捧他兩句，他立刻就對我推心置腹。我隨便說些違心之論，輕輕刺激他一下，這很簡單。然後我再提起小電影的話題就完美無缺了。

但是我立刻就後悔選下村當證人。

第一件令我失望的是他沒有想殺的人。他只是因為不知怎地感到不爽，而詞彙不夠只能用「去死」兩個字發洩出來而已。

而且他真的很討人厭。他在學校沉默寡言，但稍微跟他親近一點他就說個不停，說個不停……

「媽媽做的紅蘿蔔餅乾，你不吃嗎？這樣啊，渡邊跟我一樣討厭紅蘿蔔啊。我們真合得來。我也只能吃這個。我討厭紅蘿蔔，所以媽媽試了各種不同的料理方法跟甜點，每種都好難吃。但是只有這個覺得還可以，就吃吃看吧。」

他以為自己是誰啊。我之所以不吃餅乾是因為覺得噁心。兒子已經是中學生了，去同學家玩還給他帶手工餅乾的母親令人噁心，而就這樣帶來一點不覺得丟臉的下村也夠噁心了。

我心想，乾脆殺掉這傢伙算了。我第一次發現殺意是在本來應該保持一定距離的人跨越界線的時候產生的。

但是就在我想找別人當證人的時候，下村提出了我沒想到的目標。我根本想都沒想到的人——班導的女兒。

中學男生在校內殺害導師的小孩！

這是到目前為止沒有過的案例。媒體一定會愛死的。看見「嚇人錢包」就歇斯底里罵我的班導。心不甘情不願在報名表上蓋章的班導。她的小孩。以下村來說算是不賴了。而且他還告訴我小孩在購物中心想買小棉兔頭型的絨布小包，但是班導沒買給她。於是我決定還是讓下村當證人了。

下村以為我們只是要惡作劇，心情好得很。他幹勁十足地說要事先調查，自己計畫起來。列出一堆無聊的事項，我想隨便他算了，他就更得寸進尺。

「那個小孩會不會哭啊？渡邊你覺得呢？」

他一面發出愚蠢的笑聲一面問。到底有什麼好笑啊？

「不會哭。」

因為目標會死。完全被蒙在鼓裡還笑個不停的下村太滑稽了，我也忍不住笑出來。能這麼沾沾自喜也只能到目擊殺人的時候為止了。說起來的確有人講過下村的母親常常跟學校抱怨。有點什麼事就寫信給校長。很好，那就一口氣鬧大吧。

本來應該是準備萬全的。

實行當天。事先調查完畢的下村給我發了簡訊，我前往游泳池。

我們躲在更衣室裡，等待目標出現的時候，那傢伙也不停說著噁心的話。什麼叫媽媽做蛋糕，今天開慶祝會等等。這個計畫結束之後我再也不打算跟他說話的。我沒有回答，但真想好好教訓他一頓。很簡單。只要告訴他真相就好。

我這麼想著的時候目標出現了。長得很像班導，看起來很聰明的女孩（當時四歲）。雖然是個小孩子，但是抬頭挺胸，用眼角瞟著四周，走到黑狗面前從運動衫底下拿出長條麵包餵牠。

我本來以為單親媽媽的小孩應該很可憐，但她完全沒有那種感覺。印著小棉兔圖案的粉紅色運動衫。頭髮中分，用帶著圓形髮飾的橡皮圈綁起來。白白嫩嫩的面頰。看見狗時的笑臉。簡直就像蓬蓬軟軟的小棉兔娃娃真人版。備受寵愛的小孩。——在我眼裡看來是如此。

說起來很丟臉，但那個時候我對目標感到忌妒。目標應該只是這個計畫裡必要的一環，不過是個物品而已。

我想拋開這種屈辱的感覺，站起來面對目標。追上來的下村趕到我前面。

「妳好，妳是小愛美吧？我們是妳媽媽班上的學生。對了，之前我們在購物中心見過呢。」

突然之間就幹勁十足搶先一步。老實說沒想到他會這麼有用。先出聲招呼的是下村。他連台詞都想好了，就因為他唯一的長處似乎就是一副好人樣，任他去他就得意忘形起來。

下村簡直就像商店街一年一度的活動上那種猜獎秀的三流司儀。正常講話就好了，但他一定要裝出親切大哥哥的樣子。連目標都露出驚訝的表情望著下村。這樣下去計畫就要泡湯了。

我急急插進對話。接下來下村只要看著就可以了。

目標聽到我講起狗就面有喜色。人類真是單純的動物。我看準時機拿出絨布小包包。

「雖然有點早，這是媽媽給妳的情人節禮物喔。」

我說著把絨布小包掛在她脖子上。

「媽媽給的？」

目標臉上浮現欣喜的笑容。只有受到寵愛的人才會有的笑臉。自己失去的東西──。去死吧！我打心底這麼想。屈辱轉變成殺意，給殺人這個手段添加了附加價值。也是這個計畫達到完美境界的瞬間。

「對。裡面有巧克力，快點打開來看看吧。」

目標毫不起疑地伸手拉拉鍊。

啪喇一聲響起的同時，目標猛地顫抖了一下，往後倒在地上。閉著眼睛一動也不動。比泡泡破掉還簡單。

死了！死了！太成功了！母親一定會趕來。她會說「對不起」然後用力抱住我。然後我們就永遠在一起了。

下村把幾乎要哭出來的我拉回現實。他渾身發抖地抱著我。噁心死了。

「去跟別人宣傳吧。」

我把該說的話說完，揮開下村的手，轉過身去。

我已經沒話要跟你說了。但是從現在開始輪到你出場。就是因此我才跟你這種笨蛋搭訕，甚至讓你進入「研究室」，讓你把餅乾屑掉得我滿電毯都是。

我停下腳步回過頭。

「啊，對了，你不用介意是我的共犯，因為我打從一開始就沒當你是夥伴。分明一無是處，只有自尊高人一等，我最討厭這種人了。像我這種發明家看來，你就是個失敗作品。」

完美無瑕。太爽了。我能想出失敗作品這種辭真不賴。我再度轉過身，這次頭也不回地離開游泳池，回到「研究室」。

原本一切都照計畫進行的。

我在研究室過了一夜。我一直都在等手機響起，警察來按門鈴。但結果什麼也沒發生，天就亮了。下村可能還抱著媽媽哭呢。他是個不管做什麼都很遲鈍的傢伙。話說屍體應該被發現了吧。

電視跟網路上都沒一點消息。我覺得很奇怪，就在上學前繞到家裡看早報。我已經完全習慣不吃早飯了，美由紀阿姨說：「至少喝點牛奶吧？」她幫我倒了一杯，我一口氣喝完。沒人看過的報紙放在餐桌上。我一向都是從頭版開始看，但今天先翻開地方版。

四歲兒童到游泳池附近餵狗不慎失足死亡

失足死亡？是哪裡搞錯了吧。我閱讀報導。

十三日晚間六點三十分左右，市立S中學的游泳池裡發現該校教師森口悠子的女兒愛美（四歲）的屍體。死者因為失足掉進蓄著水的游泳池而溺斃，目前S市警察局正在詳細調查中，並偵訊相關人士。

不管是標題還是內容，都把案件當成意外來處理。而且不是觸電死亡是溺死。

到底怎麼回事？我在腦中整理思緒，美由紀阿姨在旁邊叫起來。

「哎——這不是阿修的學校嗎？咦，森口悠子，是阿修班上的森口老師？是吧。哎喲、哎喲，真是不得了！小孩死了耶——！」

現在寫的時候回想起來，覺得這繼母真不是蓋的，竟然說得出這種話。但當時我可沒心情想這些。一定是下村動了什麼手腳。我急著趕去學校確定真相。

我以為我的人生不會有失敗這兩個字。我以為我知道不會失敗的方法。不跟笨蛋扯上關係。但是我在選證人的時候疏忽了，完全忘了這個原則。

學校裡大家都在談論這件意外。發現屍體的是同班的星野，他說：「屍體浮在游泳池裡。」不是這樣的吧，我在心裡叨唸。為什麼不說是渡邊修哉用全國大賽得獎的發明作品殺了導師的小孩？

當然不會說，因為大家都認定是意外，不是殺人案件。這個計畫太失敗了。一定是下村這個膽小鬼要隱瞞自己是共犯，把屍體扔到游泳池裡裝成是意外。

我憤怒起來。我以為案子雖然被當成意外，他應該還是有點害怕吧，沒想到卻一副沒事人的表情來上學，更加讓我火大。

「幹嘛多管閒事啊！」

我把下村拉到走廊上質問，他竟然目中無人地說：

「不要跟我說話，我又不是你的夥伴。啊，昨天的事我沒跟任何人說。要宣傳的話你自己去吧。」

那個時候我就想，這傢伙不是因為害怕才把屍體扔進游泳池的。他是為了破壞我的計畫才故意這麼做的。

為什麼呢？很簡單。我臨走前說的那些話。他要報復。真是天真。這就叫做狗急跳牆。全日本走投無路的笨蛋都會做出各種笨到極點的蠢事吧。我後悔自己不應該一時衝動刺激了這種笨蛋。

但是我沒有任何損失。什麼也沒有改變。只要繼續裝出模範生的樣子，擬定新的計畫就好。

本來應該就此告一段落的。

然而事件並沒有結束。被害者的母親，也就是班導發現了真相。

案發之後一個月左右，班導把我叫到化學實驗室，把髒破的小棉兔絨布小包遞給我。我全心製作的凶器、鍾愛的發明……。我差點就要叫出聲來。

成功了、成功了、成功了！

我坦白說出真相。我用自己的發明殺了人。我想比露娜希事件更轟動。但是我用來當證人的下村害怕了，把屍體扔進游泳池。我覺得這樣的結果非常遺憾。

當時我的態度非常挑釁，班導應該想當場殺了我。當然啦，這是我轉失敗為成功的絕佳機會啊。但是班導說不會去報警，說不是我期望的驚天動地殺人案件。

為什麼啊？為什麼每個傢伙都妨礙我啊？為什麼一切都不如我的意啊？真是太不爽

了。

她說不會去報警。

結業式那天，班導對全班宣布要辭職，一面道別一面開始說事件的真相。我不知道她為何不去報警，而要跟班上的笨蛋們講，但是她說的話並不無聊。雖然有太誇張很煩人的時候，但她的人生還真算得上有起有伏。

真相即將大白的時候，大家開始盯著我。我承受著尖銳的視線，滿意地想著自己是殺人犯的事實先在學校裡傳開也不錯。「要是A再殺人怎麼辦呢？」得意忘形的笨蛋這麼問，班導的回答令我大吃一驚。

「說A還會殺人是誤會了。」

我是當事人，一切都在我掌握之中，但我不知道她在說什麼。

「別說有心臟病的人了，就算是四歲小孩也不會因此心跳停止。」

我的發明被她否定，殺害小孩的不是我而是下村。我只是讓小孩昏過去而已。然後下村誤會小孩已死，把她扔進游泳池裡，所以她才「溺死」。大家的目光一起轉到真凶下村的身上。

丟臉。真是太丟臉了。我真想當場咬舌自盡。但是最後班導說出非常有意思的告白。

她把愛滋患者的血液加入我跟下村的牛奶裡。

要是我是跟下村一樣的笨蛋，搞不好會跳起來大叫：「太讚了！」

自從知道自己扯了母親後腿，我不知道有多少次想要自殺，但年紀太小想不出好辦法。那個時候我祈禱過無數次。

讓我生病死掉吧。

現在願望以這種方式實現了。出乎意料，不，是作夢也沒想到的發展。這簡直太成功了。比起兒子成了殺人犯，母親應該更關心罹患重病的兒子，更可能來看我吧。

這麼說很古怪，但那時我感到活下去的勇氣油然而生。

我恨不得立刻就去醫院診斷出感染了HIV，把診斷書寄到母親所在的大學，但要等三個月後去檢驗才會知道。

我坐立難安，簡直等不及了。自從母親離開之後我沒有過這麼充實的時光。父親可能不高興我跟母親見面，但他要是知道我生病了，態度也會改變吧。說不定能跟母親一起度過所剩無幾的餘生呢。

潛伏期通常是五到十年。去上母親任教的大學，一起做研究吧。兩個人一起創造了不起的發明。然後我在母親的照顧下死去。

我不斷想像這個場面。新學期開始，下村拒絕來上學，班上的笨蛋怕被感染也都不接近我，日子過得真是稱心如意。

但是笨蛋們慢慢開始幹些無聊事。把紙盒牛奶塞進我書桌抽屜跟鞋箱、藏起我的運動服、在我的課本上寫：「去死吧。」我鬱悶地想著虧他們能幹出這麼多無聊事，但也有點佩服。壞掉的牛奶在書桌裡擠爆的時候我一瞬間想把他們都宰了，但只要想到跟母親一起生活，就覺得原諒他們也無所謂，隨便怎樣都好。

漫長的三個月過去，我到鄰鎮的醫院驗了血。

驗血之後一星期。就算是笨蛋，聯手的力量也不能小看。放學後我一個大意被人從背後制住，他們用膠帶把我的手腳纏起來。襲擊我的傢伙還戴了口罩跟橡膠手套，真是準備周到。

說不定會被殺。要是以前的我，一定覺得被殺也沒關係。但現在我不能死。我的夢想就要實現了啊。

跟這些笨蛋哭泣求饒的話，他們會放了我嗎？跟他們下跪磕頭的話能原諒我嗎？只要能活下去，做這麼屈辱的事也無所謂。但是當天的目標不是我。目標是班長。她被懷疑跟導師打小報告，說班上正在進行那個叫做「制裁」的無聊遊戲。

她說不是她幹的，為了證明自己清白，朝我丟了紙盒牛奶。牛奶盒砸到我臉上，砰地一聲破掉了。在那瞬間——我腦中浮現母親打我的記憶。我臉上是什麼表情呢？班長跟我視線相接，衝口說出：「對不起。」她被判有罪。處罰，親嘴。他們之所以逮住我就是為了這個。

怎麼有這麼多無聊人啊！我回到家，信箱裡有一封醫院寄來的信。終於來了！我用發抖的手打開看了，立刻墜入地獄的深淵。陰性。沒有感染。這種可能性並非沒有。我為什麼從沒懷疑過呢？可能是因為那天班導嚇人的氛圍懾住我了吧。

早知道今天被殺了就好。

半夜我用手機把班長叫出來。我沒法把這張毫無價值的紙丟掉。就算對自己沒價值，對以為自己被ＨＩＶ帶原者親吻的人來說，可能跟性命一般重要。

不，這個理由是後來加上的。我不想獨處。而且我從以前就對她有點興趣。這麼說才對。我自從看到她到藥房打算買各種化學藥品而被拒絕之後，就對她感興趣了。

「我是想要染色……」

她對店員這麼說，我心想要是我的話可以用這些玩意做炸彈。不知道這是不是她的打算。從那時起我就有點在意。

她有想殺的人嗎？我甚至有點期待我們或許可以互相理解。

隨便編個簡單理由就把班長叫出來了，但我給她看驗血結果，她的反應卻出乎意料。

「我知道。」

她這麼說。難道她用什麼別的方法比我先知道驗血結果嗎？還是詳細調查了ＨＩＶ感染途徑，知道班導用的方法感染機率很低嗎？但是她在「研究室」玄關告訴我的卻是截然不同的答案。

班導根本沒有把血液加到牛奶裡。班長最後一個離開教室，她把標著我跟下村學號的空牛奶盒帶回家，用手上的藥品檢查過了。

所以我只是信了班導的胡說八道，自己在作白日夢啊！

但是班導為什麼要說這種謊呢？這樣不就等於沒有復仇嗎？她的目的如果只是要在心理上恐嚇我們的話，那以下村來說算是非常成功。他用菜刀刺死了自己老媽，腦筋變得有點不正常，警方都沒辦法問他話。但是她能在結業式那天就預見這種結果嗎？

我覺得下村那個戀母狂沒有跟老媽說自己可能感染了ＨＩＶ才讓人驚訝。我以為那傢伙一定會一回家就跟老媽哭訴，在還不知道是否感染的這段期間每天都去醫院報到。

要是班導打算孤注一擲的話，至少對下村算是報復成功了。那我呢？真正殺人或許的確是下村，但要沒有我的計畫的話小孩也不會死。她不可能不恨我。就算如此，她再怎樣也不可能預測到我會因為沒感染而大失所望。

不管班導的意圖如何，結果都失敗了。真是無聊。活著真無聊。但是選擇死亡也很蠢。

我想轉換心情解悶。對了，報復那些笨蛋。讓那些傢伙以為自己感染ＨＩＶ好了。

第二天，逆轉情勢只花了不到五分鐘。我得感謝班導讓我能這麼愉快地報復他們。

好了，這樣一來豈不是搞不清楚我裝炸彈的「動機」了麼？我不希望人家以為我把對母親的思念轉移到班長這個女朋友身上，就這樣解決了。

要不要寫下班長的事讓我遲疑了一會兒。與其讓人家猜測些有的沒的，還是好好寫下來得好。

她腦筋不錯，也有分辨能力。沒有什麼特色的平凡長相我也不討厭。但是我對班長有好感原因並不是這些。大家，說來慚愧連我也是，都對班導的話深信不疑，心生恐懼，只有她一人抱著懷疑的態度然後確認了事實。而且她並沒因為知道實情而得意忘形到處吹噓，只默默藏在心裡。這讓我油然生出敬意。

為了讓她喜歡我，故意說：「我只是一直希望有人這樣稱讚我而已」來博取同情。其實不是「有人」，而是「媽媽」。這招非常有效。

然而她卻是個大笨蛋。該說是笨還是愚蠢呢？

暑假的時候我在試做新的發明，她在我旁邊打從自家帶來的筆記型電腦。我問她在幹什麼她不肯告訴我，但反正我也沒打算深究。就算是女朋友我也懶得問別人私事。一個星期前，她才說那是投給某文學獎的稿子。她已經把原稿寄出了才告訴我。

「我以為妳有那些特殊藥品，是因為對理科有興趣，原來也對那種事有興趣啊。」

我告訴她以前在藥房看見她，她就好像已經憋了很久似地開始訴說她要買藥品的理由。

不是要做炸彈。但也不是真的要染色。也不是想殺什麼人。也不是要自殺。

只是想模仿露娜希而已。

她說第一次聽到露娜希事件的報導時，就覺得露娜希是另一個自己。證據是「露娜希」這個名字。露娜希是月神，我叫做「美月」之類這種讓人摸不著頭腦的話。

我無言以對，她更加滔滔不絕。

露娜希跟我是同一個人，證據不只是名字而已。案發當天我手上也有跟露娜希相同的藥品。我看見週刊報導上登了露娜希的藥品清單，驚訝得說不出話來。——大概是這樣。

對了，我在藥房看見她是在雜誌發售之後。我不知道她說這些自己是不是真的相信，反正她用買到的藥品檢驗了牛奶紙盒裡的血液成分，藥品總算是派上了用場。

她說想拿班導寺田當實驗品。

他雖然像是校園熱血劇（雖然沒有看過，但形象大致如此）裡的鬱悶角色，但我對他並沒有殺意。而且聽說她在下村犯案之後，已經向警方說了對寺田非常嚴厲的證言了。就算這樣好像還不夠，我感到奇怪。他只不過是偶然當了我們班的導師，下村犯的案子卻好像是他誘導出來的一樣，我還覺得有點同情他呢。

「寺田哪裡讓妳看不順眼了？」

她的回答實在惡劣到了極點。

「因為小直是我的初戀情人……。啊，但是現在我喜歡修哉了。」

她把我跟下村這種人相提並論。有比這更嚴重的侮辱麼？

「太噁心了，妳腦殘啊？」

我以為自己只是心裡這麼想，沒想到真的說出口了。於是一不做二不休接著嘲笑她自以為是露娜希，她就惱羞成怒罵我是「戀母狂」。

我曾經跟她說過這篇文章開頭的一些事情，但作夢也沒想到她竟然會用這種無聊的話罵我。我要反駁，她卻更進一步詆毀我。

「你可能以為媽媽雖然愛我，但是為了追求夢想，不得不痛下決心離開家庭。但說穿了不就是你被拋棄了嗎？要是這麼盼望媽媽回來，為什麼不自己去找她？去東京一天就可以來回，也知道她在哪所大學不是嗎？咕噥抱怨在這裡空等，是因為你沒勇氣。你害怕自己去找她會被拒絕吧？其實你早就知道自己被媽媽拋棄了不是嗎？」

有比這更嚴重的褻瀆嗎？她不只侮辱了我，連母親也侮辱了。我回過神來的時候雙手已經掐住她纖細的脖子。帶著殺意的殺人之舉沒有考慮凶器的餘地。這次殺人毫無目標。也就是說這裡就是終點，殺了此人就是結果。她的死也比泡泡破掉還簡單。

未成年者殺掉一個人不會引起多大騷動，看下村的案子就知道了。我沒打算要利用她的死。

屍體藏在「研究室」的大型冷凍櫃裡。一星期不回家也不會有人找她，說來挺可憐。如果可能的話我想讓她明天跟炸彈一起灰飛煙滅。因為用來製作炸彈的藥品是她買的。她自己說把藥品放在這裡比較合適而帶到「研究室」來。然而生命雖然輕於泡沫，屍體卻重如鐵塊。我放棄把她搬到學校。

但是我不希望引起誤會。我裝置炸彈跟殺害班長，兩者完全沒有關聯。

三天前我為了把一切做個了斷，前往了K大學。

要是可能的話我希望母親來找我。然而母親在離婚的時候答應不跟我聯絡。她是個認真正直的人，這種承諾會成為她的束縛吧。就算她心裡想著我，希望跟我見面，也沒辦法採取行動——除非我主動切斷她的束縛，否則我們母子無法會面。

搭乘日本鐵路換新幹線再轉搭地下鐵，總共四小時。我覺得比任何樂園都要遠的地方，不過就這麼點距離而已。但是越接近目的地，我就越感胸悶、呼吸越困難。

母親的研究室是K大理工學院電子工程系第三研究室。我在廣大的校園中前進，心裡一面演練著母子相會的各種場景。

敲研究室的門。開門的是母親。她看到我臉上會是什麼表情呢？會說什麼呢？不，說不定會一言不發地抱住我。但是開門的也可能是研究室的助手或學生。我要找八坂準教授。那時候我是該自報名字還是保持沉默呢……

我想著想著走到了電子工程系大樓，在那裡碰到了意料之外的人物。全國中學生科展上替我的作品講評的瀨口教授。教授好像還記得我，先跟我打招呼，讓我很驚訝。

「啊，好久不見。你怎麼會在這裡？」

我沒法說是來見母親，隨便編了個藉口回答。

「我來這附近辦事，想順便來拜訪教授。」

「真令人高興。你有帶什麼新發明來嗎？」

「帶了幾件……」

這不是謊言。我帶了逆轉時鐘、嚇人錢包、測謊器來給母親看。教授很高興地帶我進入他的研究室。三樓東邊的第一研究室。第三研究室就在四樓正上方。

讓他看過我的發明以後，或許可以告訴他我是來見母親的。

喔，你是八坂準教授的兒子啊。怪不得這麼優秀。

我一面想像一面跟在教授後面進入第一研究室。

房間裡滿是最新的機器跟堆積如山的專門書籍。跟我想像中發明家的房間非常接近。教授讓我在沙發上坐下，替我沖泡可爾必思。我無聊地四下張望，書桌上的照片吸引了我的視線。

瀨口教授跟一個女人的合照。背景是歐洲，大概是德國的古堡吧。女人依偎著教授，臉上帶著沉靜的笑容。

不管怎麼看——都是母親。

這是怎麼回事啊？是學術研討會還是研修旅行時的照片嗎？……教授把可爾必思放在我面前，我沒法把視線從照片上轉開。

教授注意到了，略為羞赧地微笑說：

「真不好意思，這是我蜜月旅行的照片。」

泡泡破滅了。

「蜜月旅行？」

「哈哈，我知道自己年紀不小了。我們去年秋天結婚的。好不容易在五十歲之前要當爸爸了。說來慚愧呢。」

「要當爸爸了？」

「預產期是十二月。但是我太太今天還是到福岡去參加學術研討會。真傷腦筋。」

泡沫啵啵破裂的聲音在我腦中迴響。

「……那是八坂準教授吧？」

「咦，你認識我太太嗎？」

「她是……我尊敬的人。」

我渾身發抖，沒法繼續說下去。最後的泡泡也破滅了。教授驚訝地望著我，突然恍然大悟似地說：

「你難道是她的……」

我沒聽完教授的話就衝出研究室。一次也沒回頭，教授也沒有追上來的樣子。

才華洋溢的母親並沒有為了追求夢想而犧牲家庭嗎？不是為了成為偉大的發明家，不得已拋下心愛的兒子嗎？

媽媽唯一的孩子。她不是這麼說的嗎？她沒有來接這個孩子，而跟比自己優秀的男性結婚生子，打算過著幸福的生活嗎？

母親離開已經五年，我到現在終於明白了。她的絆腳石並不是孩子。是叫做修哉的這個孩子。而且從她離開那天開始，修哉就已經成為過去式了。不，或許早就已經從記憶中抹消了。

證據就是教授分明已經察覺真相，但母親仍舊沒有跟我聯絡。

接下來即將發生的集體謀殺，是對母親的復仇。為了確保她一定能知道我犯下的罪行，非這樣做不可。

而且這回的證人，就是閱讀公開在網頁上的遺書的各位。明天將在少年犯罪史上留名的大事，請你們見證到最後一刻，將我靈魂的吶喊傳達給母親。

永別了！

＊

「永別了！」

我把〈生命〉這篇無聊作文扔在講台上，從制服口袋裡掏出手機，撥了號碼，緩緩按下發送鍵，也就是炸彈的引爆鈕。

一秒、兩秒、三秒、四秒、五秒……。

——什麼都沒有發生。這是怎麼回事？啞彈？不對。我沒感覺到裝在炸彈裡的手機震動。不會吧！我望向講台下方。

炸彈，不在這裡……。

是誰看到網頁來把炸彈拆掉了嗎？但是警察沒到學校來。解除炸彈對一般人來說太危險了。那麼到底是……。不會吧！難道是媽媽？

我緊握著的手機突然響了。不明來電。

我用顫抖的指尖，慢慢按下通話鍵。

第六章　傳道者

阿修，是媽媽。——你是不是這麼想像？很遺憾，不是媽媽，是森口。五個月不見了呢。炸彈沒有引爆你很驚訝吧？那個炸彈在今天清早被我解除了。

炸彈有在一定溫度以下就會停止運作的機能，真的是非常優秀的「發明」。這樣一來在「研究室」完成後搬運到學校的途中，只要急速冷凍裝在保冷箱裡，就算有點震動也不會爆炸。你不僅研究電子工程學，連化學方面的知識也日有進展呢。

你的這種才能要是能朝好的方向發展，將來絕對可以成為了不起的發明家。但你卻把天賦用來做壞事，為了達成無聊的目的而製作犯罪的工具。

〈獻給摯愛母親的情書〉，我已經拜讀過了。你一定認為自己是悲劇的主人翁，才能坦然在網頁上公開這樣的文章而不覺得丟臉。

我媽媽才華洋溢高人一等。我繼承了媽媽的血緣。我是唯一的孩子。媽媽為了實現夢想，把哭泣的我留在鄉下小鎮，自己離開了。但是媽媽跟我約定，要是出了什麼事，她絕對會趕回我身邊。我相信媽媽。後來父親再婚，跟繼母生了小孩。我好孤獨。我想見媽媽。於是我拿發明品去參加全國比賽。但是媽媽沒有跟我聯絡。所以我就殺人了。因為我想，要是我成為罪犯媽媽就會來找我吧。但是我的計畫被笨蛋同學破壞了。我接受了報復，很高興自己會生病。因為我以為這樣媽媽就會跟我聯絡。然而我沒有生病。為了排遣寂寞我向同班的女同學求援。可是她竟然罵我是戀母狂，所以我就殺了她。我下定決心去找媽媽。但在見到媽媽之前先碰到了媽媽再婚的對象，得知媽媽懷孕了。啊啊我被媽媽拋棄了。我要報復媽媽。

簡單說來就是這樣吧？於是你就設置了炸彈。

你是笨蛋嗎？你的情書裡到處可見笨蛋這個詞。你到底以為自己是誰啊！你到底創造出了什麼，你給了那些被你鄙視稱為笨蛋的人什麼恩惠嗎？

你甚至說自己的父親沒有生存的價值。那你現在能活著是託了誰的福呢？連這一點都不明白，只不過比較會念書，就自以為高人一等；像你這種無知的人才是你口口聲聲的笨蛋呢！

愛美竟然被這樣的人殺了。寶貴的人生就這樣被剝奪了。我看了你的情書，自慚於我竟然天真到想報復你。提到報復，或許從結業典禮那天開始說起比較好。

那天早上，我的確趁丈夫櫻宮睡著的時候抽了他的血，帶到學校來。牛奶每天早上九點鐘送到學校，放在總務處旁邊的冰箱裡。我在結業典禮中間溜出來，把血液用針筒打進標著你跟下村同學學號的牛奶盒裡。為了不讓謹慎的你發覺，我選了四方紙盒折起來的部分戳進去。然後在牛奶時間結束以後說了那番話。之所以在全班面前說，在某種層面上就是要把你們丟到會下最殘酷判決的一群人裡面。因為不管是怎樣殘忍的小孩，都會遵守大人制定的遊戲規則去玩。

你稍後也發覺了，我採取的方法感染ＨＩＶ的機率其實非常低。這我一開始就知道。但我相信只要不是毫無機會，就是正確的制裁。

我本來以為這樣一切就結束了。當然，你們感到死亡的恐懼，或是受到同學怎樣的欺負，都並不能讓我高興起來。老實說報復之後，我對你們的憎恨一點都沒有改變。我想就算親手拿刀把你們碎屍萬段，結果也不會有所不同。我發現復仇之後就將一切付諸東流是不可能的。

即便如此我還是以為可以強行壓抑自己的感情。因為我雖然一輩子都不會忘記愛美，但我可不打算一輩子都跟你們這種人糾纏不清。櫻宮去世了以後，我想從頭開始。在此之前我幾乎沒有想過能為別人做些什麼，今後我想試著從這個方向著眼。

一個月後的四月底，櫻宮去世了。在他死之前我得知一個驚人的事實。櫻宮告訴我說：

我很後悔沒辦法讓妳幸福。所以至少不想讓妳成為罪犯。我知道妳在結業典禮那天抽了我的血，立刻猜到妳打算做什麼。我跟去學校看見妳把血液注入牛奶裡。這種報復太可怕了。妳離開以後我立刻換了新的牛奶。妳或許無法原諒我。但是以眼還眼以牙還牙是行不通的。這樣絕對無法讓妳釋懷。不這麼做他們一定也可以改過自新。相信他們吧。因為這也關係到妳重新站起來……。

這就是櫻宮的遺言。我的孩子雖然被殺了，但是我不能復仇。犯罪的孩子們一定可以改過自新。要是真的有神職者這樣的形容辭彙，說不定最適合的就是他。

順便一提，套用你的理論的話，櫻宮從懂事開始也沒生活在有母親為他講故事的環境裡。我想你沒看過教室後方他的著作，他一出生母親就病死了。跟你一樣小學五年級的時候父親再婚。他不是你這樣的優等生，跟繼母也處得不好，一天到晚都離家出走。他的生活方式絕對沒什麼值得誇耀的。要是他當時跟你有所接觸，你一定也會把他當笨蛋。但是這樣的人卻幫助了你。

人的倫理道德觀正如你所說，或許只是接受教育後的學習成果。普通人從小時候開始就認為理所當然的事，櫻宮一直到快要成人的年齡才學會。那是因為他察覺自身的不足，認為不能這樣下去。但是你卻完全沒有意識到自己缺乏倫理道德觀念，彷彿還認為這樣正好，之所以這樣是母親的錯，完全不思改進。不如說是認為自己要是改變了，跟母親之間無形的羈絆也就切斷了一樣，故意不肯改進。但是這已經無關緊要了。

我沒辦法接受櫻宮的行為。一面說什麼我的幸福，一面到死都還寧可當個老師而非父親，我無法原諒他。當然我也無法原諒他要保護的對象。但是我一時之間想不出新的復仇方法。所以就決定暫時觀察一下。

你們的動態都由班導師維特，也就是寺田良輝同學跟我逐一報告。寺田同學是櫻宮的學生。他在校的時間有一年跟我重複，我記得很清楚。

寺田同學並沒有真的走上歧途，但他很崇拜櫻宮。他聽說櫻宮中學的時候瞞著父母抽菸，就一面嗆咳一面學抽菸。聽說櫻宮曾經在討厭的老師車子上惡作劇，他也有樣學樣，做出各種怪事。但正因為是這樣的孩子，只要櫻宮一勸說，他立刻就改邪歸正了。

櫻宮死後，我用「希望勸世鮮師能在孩子們的心中永遠活下去」這種理直氣壯的理由，沒告訴媒體喪禮的時間跟地點，但寺田同學卻出現在殯儀館。我給櫻宮老師添了很多麻煩，請一定要讓我彌補，送老師最後一程。他這種理由讓人很受不了，但人已經來了也沒辦法。喪禮之後寺田同學在櫻宮的遺照前，大聲地為自己以前的惡行道歉。這就算是櫻宮應該也會苦笑吧。但是接著他說要繼承老師的遺志，成為中學教師。從今年春天開始就要到S中學上任了。

我告訴寺田同學我到去年為止都在S中學任教，詢問他學校現在怎樣了。他就說他是二年二班的導師。命運真有這種安排呢。他似乎不知道一年級時的班導師是我，我也就沒有告訴他，問他班上現在怎樣。他說有人不來上學。就是下村同學。聽他敘述我可以想像下村同學應該是以為自己感染了HIV，卻沒跟母親明說。我有點意外。感情那麼好的母子之間也存在著無形的壁壘，我想或許可以利用這一點。

換言之，就是可以進一步把下村同學逼得走投無路也未可知。我給了寺田同學種種建議，說要是櫻宮的話或許會這麼做吧。要是他的話一定會去家庭訪問吧。一定還會帶同班同學一起去吧。就算人家不領情，他相信總有一天一定能獲得諒解，毫不氣餒地繼續。一星期去個一次吧。就算吃了閉門羹，在外面也可以說話啊，如此這般的種種建議。

然後我說要是有什麼困擾隨時都可以來跟我談，我不會把你說的話洩漏出去。他在校內一定沒有找其他人商量。我們用電子郵件討論了各式各樣的問題。他既然跟上年度的班導師有聯絡，就不會被人指責自己一意孤行亂來了。

我們也討論過你被欺負的問題喔。關於這件事，我建議與其由寺田同學直接指出班上有人被欺負，不如裝成好像有同學告發的樣子，這樣其他同學也比較容易意識到問題的嚴重性。我想寺田應該會發揮他自己的行事風格，這樣一來對你的欺負要是能變本加厲就更好。但沒想到責難的箭頭轉向北原同學，我真的非常抱歉。

如果事情不是這樣她或許就不會被你殺害。這個念頭真的讓我很難過，但你們小孩子立刻就會把責任轉嫁到別人身上，所以我不會說是我的錯。北原同學是你殺的。她一語中的地說你是戀母狂，你惱羞成怒殺了她。什麼「殺了此人就是結果」啊。你只是強詞奪理而已。

在觀察你們的期間，下村同學把他母親殺了。他們兩人之間發生了什麼事我無法想像，就算可以多少猜測，我也覺得不該隨便置評。

但是可以肯定地說，要是下村同學不殺害愛美的話，也就不會殺害母親了。所以我毫不同情下村同學。對他母親我也只覺得這是她養出這種兒子的報應。雖然報復手段遭到櫻宮妨礙，以下村同學而言已經算是復了仇了。

剩下來的就是你了，渡邊同學。你自己也知道，直接殺死愛美的雖然是下村同學，但要不是你想出這種愚蠢的計畫愛美也不會死。我希望你跟下村同學都在痛苦中死亡，但要選比較恨哪個人的話，我會選你。

你就接受同班同學名為制裁的殘酷欺負死掉好了。我不知有多少次這麼想。但是寺田同學跟我報告說欺負的情況已經解決了。他好像真的很高興。他說多虧了老師的建議，非常感謝。我雖然感到難以置信，但很容易就能推斷你反過來利用了自己可能感染ＨＩＶ的處境。既然如此一開始就這樣做不就好了嗎？我有點想不透。

我本來以為要對付你恐怕非得直接下手不可。然而就算殺了你，你在呼吸停止的瞬間，也不會對愛美覺得抱歉吧。那樣的話就毫無意義。我想知道你的弱點。一面覺得是白費工夫，一面還是每天去看你的網頁。但是網頁上自從〈獲得全世界認可的發明，嚇人防盜錢包！〉之後，就再也沒更新了。你討厭無謂的行動，那為什麼沒把網頁關掉呢？這也是我的疑問。我放棄了立刻復仇的打算，決定一直監視你，等你獲得了重要的東西之時，再一舉擊潰你。就在我開始這麼想的時候，網頁更新了。

從〈獻給摯愛母親的情書〉中，我得知了你有點可憐的成長過程。假設說，真的只是假設而已，要是你帶著「嚇人錢包」來找我的時候，我稱讚你的話，事情是否會有所不同呢？我這麼想過，也幾乎後悔過。但這畢竟是一廂情願的夢話。你自己也寫了：「嚇人錢包」是惡作劇的玩意。只有驕縱的小孩才會製作讓人觸電的東西好獲得稱許。會有大人稱讚挖了陷阱的小孩嗎？你只是恃才而驕罷了。不製作有用的東西，光打算炫耀自己的本事，做出這種一無是處的玩意，會有什麼人稱讚你麼？你就自己得意個夠吧。

你不肯認可除了母親之外的任何人，不管你怎麼認為，你的人格是你自己造成的。犯罪不是別人的錯，是你的錯。雖然如此，要是說除了你以外誰該負責的話，那就是因為自己夢想無法達成就拿小孩出氣；心中雖然決定放棄，但夢想一成真，就只留下僅限於當時那種不負責任的親情展現，然後就此離開的令堂吧。

這種我行我素的地方真是母子一模一樣。為了報復母親而裝置了炸彈。是這樣沒錯吧？殺害這麼多無辜的人就是你的復仇方式嗎？愛美也是一樣。你的對象一直都只有母親，但被害的一直都是母親以外的人。

如果你的世界裡只有你摯愛的母親的話，那就殺了你母親吧。連這都做不到的膽小鬼，還要繼續得意洋洋地大放厥詞胡作非為，我無法允許。

渡邊同學，我想警察就快要到你那邊了。北原同學的遺體也差不多該被發現了。你被捕的話，下村同學和愛美兩件案子的真相也就會公諸於世。但是無論你受到什麼處分，一定都不會覺得是處罰。作文你很拿手不說，志願勞役你都會乖乖去做。我想你有辦法將過去一筆勾消，重新展開輝煌的人生。

在那之前，請讓我告訴你一件事。

看過你的情書、解除了炸彈之後，我去見了一個人。或許是因為有點同情你。或許我想重新考慮櫻宮跟我說的話。或許是因為愛美之死的起點就在這裡。

你非常想見非常想見的人，我隨時都可以簡單地見到。我先讓她看了你的情書。然後告訴她你對愛美做的事跟下村同學的案子。

你想知道她怎麼說嗎？

……不好意思，我這裡變吵了。我想你也聽見了警車跟警笛的聲音。

渡邊同學，我不只解除了你裝在學校的土製炸彈，還把炸彈重新設置在別處了。我祈禱過你不要按下引爆鈕的。但是你按了。並不是啞彈。我不知道你預想中的爆炸規模有多大，但炸彈具有讓鋼筋水泥建築物半毀的威力。若非我相信你的才能，避難到遠處的話，說不定現在連我也遭殃了。

Ｋ大學理工學院電子工程系第三研究室。那是我重新設置炸彈的地點。製作炸彈的、按下引爆鈕的，都是你。

喏，渡邊同學。你不覺得這才是真正的復仇，也是你重新做人的第一步嗎？

推薦跋

失控的復仇與正義

作家——陳昭如

奧登．馮．霍爾瓦特在《沒有神在的青春：一個考驗良知的故事》中，創造了「魚的時代」這個字眼，形容二戰期間納粹統治之下，那些既沒有愛與思想，更缺乏熱情與同理心的少年，如同魚一般冷漠、甚至冷酷地活著。在理應純真無邪的年紀，他們心中卻充滿了赤裸的恨與殘酷的惡，就像沒有感覺、不帶情緒的獵人，總是冷靜地對準目標開槍，對生命的價值不屑一顧，甚至嗤之以鼻。

暴力從來不會從天而降，是什麼樣的條件與環境，造就出視生命如草芥、就算虐殺他人也不以為忤的年輕人？

霍爾瓦特筆下的少年成長於黷武窮兵的軍國主義政權，錯亂的是非判斷與道德標準，顯然是被體制與教育所灌輸，讓他們變成沒有感情、靈魂空洞的「魚」。如今在自由民主的社會，少年暴力犯罪事件依舊頻傳，甚至有過之而不及，原因何在？是誰規訓了他們的身體與思想，甚至自認有權奪取他人的性命？

《告白》透過描繪當代日本親子、師生和同儕之間扭曲的愛與關係，呈現出許多令人困惑的問題，迫使我們思考：這些心性殘忍、行徑極端的少年為什麼這麼做？是學校？是家庭？是升學至上的價值觀？還是道德淪喪的社會？書中沒有提供完整的背景資料足以判斷，但從作者的描述中可以得知，少年們的家庭背景並不特別異常，卻仍有著或深或淺、難以言喻的心理傷痕：被遺棄的修哉無所不用其極，只為得到親生母親的關注；竭盡所能疼愛直樹的媽媽，卻讓兒子感受被捆綁的無形壓力；平凡溫順的美月企圖以藥品毒害良輝老師，只因她認定是老師害了直樹……他們的心靈蒼白而空虛，讓潛藏微小的惡意有了發展的可能，終究招致難以挽回的後果。

唯有追究原因，才能探究責任，不過任何犯罪動機往往是複雜的，很難歸咎於單一因素。以一九九七年發生在日本神戶的「酒鬼薔薇聖斗連續殺人事件」為例，十四歲的少年A以血腥慘忍的方式傷害了五名小學生，造成二人死亡、三人重傷，其中一名受害男童被勒斃之後，頭還被割下來放在學校門口，如此駭人聽聞的手法，震驚了日本社會，國會更為此將犯罪刑責的最低適用年齡從十六歲降至十四歲。當時媒體輿論將箭頭指向少年A的父母，認為是他們教養方式出了問題，要求他們必須道歉，他們也確實公開道歉了。日後少年A的父母及少年A分別出書[1]詳述他們的日常生活，看來十分尋常，與一般家庭沒什麼兩樣，就算有社工證稱少年A的精神狀態並不穩定，母親卻嚴格要求他的成績，但即使如此，外界仍很難解釋他何以殘暴至如此泯滅人性的地步。

那麼，造成少年A犯下大錯的主因是什麼？或許是精神異常（他經過精神鑑定有性虐待傾向），或許並沒有什麼特殊原因，因為就算是不諳世事的少年，也可能有著陰暗、卑劣的一面，這是人性共同的缺陷。就像《告白》中修哉的同班同學集體對他進行各種霸凌，甚至設計出「行刑點數」，聲稱點數越高的人就越「正義」，不禁讓美月疑惑問道：「如果修哉和直樹是殺人犯，那這些人又是什麼？」

最初悠子老師渴望放下傷痛，明知真相的她決定不再翻案，「讓兇手得到應得的處罰雖然是成人的義務，但教師也有義務保護學生」。換言之，她固然想追究責任，但仍試圖理解行兇動機，讓脆弱又暴烈的少年理解錯誤，於是感慨地說：「我想把A電死，讓B淹死。但是就算這樣愛美也回不來了，A和B兩人也無法懺悔自己犯的罪。我希望這兩人知道生命的可貴。我希望他們知道這點，了解自己罪孽深重，然後背負著重擔活下去。這樣的話該怎麼做才好呢？」

無知的人即使犯罪，也不明白何罪之有，這時除了譴責之外，更需要的是理解。或許悠子老師原本也這麼想，直到她赫然發現，無論是A（修哉）或B（直樹）既不無知，更不愚蠢，尤其修哉的行為是有計畫、有意識的犯罪，他把自己當做權衡世間的一切標準，不認為自己做錯了什麼，或犯了任何道德上的罪。這也是《告白》一書最為尖銳的訊息：

看似天真無垢的少年，未必有那麼美好純潔。

在一個以極端暴力欺負無辜者、卻不需要付出什麼代價的世界，是沒有正義可言的。深受傷害的悠子老師動用私刑固然不見容於法治社會，然而眼見修哉面臨愛滋死亡的威脅仍毫無悔意，尚可輕鬆逃過牢獄之災，就算讀者無法認同她的復仇，卻很難不同情、甚至進而理解她的行為。塵世的眼睛無法讓她看到正義現身，她必須做點什麼，安放已殘缺破碎的靈魂。

或許有人會覺得，悠子老師應該放下對少年的恨，原諒他們。可是原諒是何等嚴肅而深沉的決定，哪裡是過度簡化的心理學或道德理論所說的那麼簡單？我們的社會常對被害人及其家屬有這樣的期待，彷彿原諒是他們的責任，況且驟然失去愛女的傷痛是如此巨大，巨大到具有十足的毀滅性，對於經歷人間酷刑的悠子老師來說，原諒是可能的嗎？說真的，我不知道。

如果像修哉及直樹這樣的少年犯無法得到應有的懲罰，是否代表司法制度已經失靈？現代國家的法律到底在保護誰？是被害人？還是加害人？

就國家角度而言，每個國民都應該被平等對待，不能有所偏廢，法律保護的是相對關係，不是絕對關係，不能、不該、也不會偏袒特定人士。只是司法制度本身有其限制，無論是根據嚴格的證據法則（必須根據法律認可的證據進行判決）、無罪推定原則（沒有毫無疑點的證據不可判人有罪）、或是法令對少年犯罪的相對寬容（例如根據《少年事件處理法》規定，未滿十二歲兒童觸法不用移送少年法庭），不是沒有可能讓真正的犯人躲過牢獄之災。法律試著在每個人心目中的「正義」中找到平衡點，但這個平衡點不可能讓所有的人都滿意，畢竟司法是提供解決問題的方式之一，但不是一切問題的解答。

《告白》以極具爭議的結局作為收尾，代表作者湊佳苗贊同以私刑取代司法嗎？我並不這麼認為。正如她藉由美月的角色說：「無論怎麼樣殘忍的罪犯，審判果然還是必要的吧。這並不是為了犯人，我認為審判是為了阻止世人誤會和失控的必要方式。」所以當美月發現同班同學私下對修哉的制裁最初是基於正義，到了後來卻越發失控，語重心長地表示：「這樣一來就跟中世紀歐洲的女巫審判沒有兩樣。愚蠢的凡人忘記了最重要的事情。那就是自己並沒有制裁他人的權力。」

美國哲學家瑪莎．納思邦（Martha Nussbaum）說：

憤怒極少存在其他因素：往往都是希望報復加害者使其承受同等的痛苦。過渡性憤怒能夠賦予懲罰有效的作用，所以要區別未來導向型和單純過去導向型的報復很棘手。但人們對未來福祉的定位通常並不純粹。受到攻擊時，他們的衝動便是反擊。他們很容易幻想另一邊的疼痛能平衡抵銷自身所承受的痛苦，這也是為何謀殺案受害者的親屬普遍支持死刑。但死刑從未被證明具有威懾價值，人們要求它只是因為報復比例適當性：讓受害者的死亡由罪犯的死亡償還……然而，過去的傷痛已經過去，疼痛只會產生更多的疼痛，並不能修復原本所受的傷。痛苦與過去痛苦的比例本身，並不是嚴厲懲罰的理由，而且通常分散了人們對於修補未來的注意力。[2]

「憤怒」與「報復」向來密不可分，而報復是無助於面向未來，甚至是阻礙直視未來的；何況放任憤怒蔓延，會讓憤怒產生的傷害隨之發酵，就算做出惡行的人深陷痛苦，也無法讓造成他人的傷害得以復原。《告白》從多重角度映照出不同於一般所見的人性面相，讓我們在思考贊同或反對報復之前，或許應先反問：憤怒是對抗不義的唯一動力嗎？不訴諸憤怒行動，同樣可以擁有力量、尊嚴和反抗不義嗎？報復真的能夠解消仇恨，回復人們心中受損的正義嗎？

每個時代有不同的困境，該如何面對良知、看待生命、順應或反抗主流社會的價值？我也還在思索。

1 少年A的父母寫了《生下少年A——父母的悔恨手札》（無中文版）；少年A則出版個人自白《絕歌：日本神戶連續兒童殺傷事件》，時報出版，二〇一六。

2 「瑪莎．納思邦：女性主義運動與狂怒的弱點」，Mumu Dylan，Boston Review，二〇二〇年三月十三日 https://bostonreview.net/articles/martha-c-nussbaum-tk/。

藍小說 339

告白（十五週年紀念新版）

作　者—湊佳苗
譯　者—丁世佳
編　輯—黃子萍
封面設計—Bianco Tsai
內頁排版—芯澤有限公司

總編輯—嘉世強
董事長—趙政岷
出版者—時報文化出版企業股份有限公司
108019臺北市和平西路三段二四〇號三樓
發行專線—（〇二）二三〇六—六八四二
讀者服務專線—〇八〇〇—二三一—七〇五
（〇二）二三〇四—七一〇三
讀者服務傳真—（〇二）二三〇四—六八五八
郵撥—一九三四四七二四時報文化出版公司
信箱—（一〇八九九）臺北華江橋郵局第九九信箱
時報悅讀網—http://www.readingtimes.com.tw
電子郵件信箱—liter@ readingtimes.com.tw
法律顧問—理律法律事務所　陳長文律師、李念祖律師
印　刷—勁達印刷有限公司
二版一刷—二〇二三年七月七日
定　價—新臺幣三五〇元
（缺頁或破損的書，請寄回更換）

時報文化出版公司成立於一九七五年，並於一九九九年股票上櫃公開發行，
於二〇〇八年脫離中時集團非屬旺中，
以「尊重智慧與創意的文化事業」為信念。

告白 / 湊佳苗作；丁世佳譯. -- 二版. -- 臺北市：時報文化出版企業股份有限公司, 2023.07
面；　公分 . –（藍小說；339）

ISBN 978-626-353-702-6（平裝）

861.57　　112004532

ISBN 978-626-353-702-6
Printed in Taiwan